世界不一樣

迅清 著

時光飛逝，大家都懂得說世事變得快，唯一的是世界沒有變得更好。

《世界不一樣》的文學性、電影感 與人情味

鄺銳強

　　《世界不一樣》是迅清的新作，內含文章四十五篇，寫於新冠病毒蔓延之間。迅清是我港大同窗，初認識時，已是一位少年詩人，曾獲取不少文學獎項。《世界不一樣》的其一特色是作品充滿文學性，無論懷人敍事、寫景抒情，均主題突出、情感真摯、結構精巧、語言生動，可讀性極高。〈夏天的味道〉中「藍花楹的葉子細小，冬盡時葉子變成黃色，隨樹枝落下，滿樹的金黃可以比美楓樹枯葉的顏色」描寫細膩，葉子的形狀、顏色、動態，栩栩如生；〈本土寶藏〉中「氣氛慘慘戚戚，真的沒有半點暑氣」，令人聯想起李清照的〈醉花陰〉，讀起來別有一番滋味。寫景之餘，迅清亦善於刻畫人物，〈老去〉中「印傭說母親現在像個嬰兒，時哭時笑，愛吃東西和唱歌。」僅僅用了二十多字，便具體勾勒出母親晚年的情態和愛好。

　　陌生化是俄國形式主義（Russian Formalism）代表人物什克洛夫斯基（Viktor Shklovsky）的文學理論，《世界不一

樣》不乏陌生化的語言運用，如〈清潔運動〉中「記憶老化，像老唱片一樣斷斷續續」，意象推陳出新；〈冬天的步數〉中「明知風仍凜冽，踏開步，推開門，藍天下的片刻，歲月如流水，即使改變不了扭曲的現狀，我仍然相信仍然堅持，活著寫著我的夢」，情景交融，充滿詩意。

迅清是詩人，也是攝影師，以拍攝風光和街頭景物見長。記得大學畢業後某一年，無意在攝影雜誌上看見迅清的得獎作品，才知道他的攝影造詣非凡，作品隱含安瑟・亞當斯（Ansel Adams）的風格。《世界不一樣》的另一特色是文章洋溢電影感。〈夏天的味道〉構圖精妙，「這一條不過三百公尺長的街道，兩旁長藍花楹，樹枝互相伸出覆蓋街中央，在花盛開的日子，確是一條美絕的紫藍花道。」一張層次分明的全景照片，活現在讀者眼前。〈悉尼西部〉呈現了電影的蒙太奇（montage）手法，「草坪和小樓房之外是火車路軌，經常聽到火車經過的聲音，所以幻想著這是臺灣和日本電影中火車駛過小鎮的風光。」讀者腦中浮現悉尼西部火車經過的鏡頭，然後融入臺灣和日本電影中火車駛過小鎮的畫面。

《世界不一樣》呈現的電影手法還包括後現代主義（Postmodernism）的諧擬（parody）。在〈珍妮對我說〉中，作者寫出「原來屈指一算，平均三十一秒要完成清潔一個小房間，過程包括傾倒小廢紙箱的垃圾，然後放回原位。

我立刻聯想到差利卓別靈的電影《摩登時代》中，差利在輸送帶前不停工作的場面。」讀者可見快鏡頭下清潔女工清潔一個個小房間的情景，諧擬差利在輸送帶前不停工作的場面。

〈Beijing Bureau〉展示了作者出色的鏡頭運用技巧，「晚上火車在黑暗之中奔馳，我睡不著向外望，原來一輪明月掛在半空，白光照在大地上……」黑暗中的火車上是遠景鏡頭，轉移到作者外望的全景鏡頭，再接上一輪明月掛在半空的遠景鏡頭，然後回落到大地上白光的特寫鏡頭，讀者看見的是文字轉化的分鏡頭畫面。

迅清感情豐富，重視人際關係。在職香港教育大學期間，我曾往迅清曾任校長的中學視導，在和煦的陽光下，引領我到課室的工友說：「我記得姚校長好好人。」好校長筆下的文章藏著濃厚的人情味，正是《世界不一樣》的另一特色。〈人間無情〉寫作者對同事的同情，「住在印度的父親死前希望兒子能夠回來，見最後一面。同事以這個理由向政府申請，卻遭拒絕。同事傷心難過，我可以理解」；〈我的小時候〉表達作者對父母的感謝，「感謝父母為我找到一張書桌」；〈世界不一樣〉寫作者對無辜死去者的難過，「看到無辜死去的人，依然會傷心」；〈身體髮膚〉寫作者和理髮師之間的情誼，「我想還是比較喜歡光顧建立了感情的店子，跟師傅閒聊家常。」從迅清眼中觀萬物，發覺縱使世事

無常，人間有情。

　　疫情令我們反思人生，迅清文章背後常出現人生的體悟，如「這是個充滿懷疑、焦慮、不安和苦難的年代」〈四十歲以後〉;「世界上許多事情沒辦法掌握，不由得你控制」〈甜甜圈〉;「不管是迎接冬至或是夏至，原來大家都已經不經不覺，經歷了一個悲傷、怪誕、憤怒和痛苦的一年」〈過冬〉;「眼下滿目瘡痍，瘟疫折騰下的世界充滿悲傷。懷念從前，因為新不如舊，明天多無奈。」〈明天會更好？〉最後作者以「如果能夠選擇忘憂，你會否選擇忘記這一段荒誕日子？」〈忘憂〉為全書作結，而這個問題該會留在讀者腦海中。

　　《世界不一樣》是一部內容豐富、雅俗共賞的好書，讀者可從中了解疫情下澳洲人的生活，亦可從一些雋永的句子領略生活的智慧。從讀者反應（reader response）的角度來看，《世界不一樣》能滿足讀者不同的期待視野（horizon of expectation），深信每位讀者都能有所得著。

目錄

• •

年輕時我的朋友曾經問過非常有意思的問題：

無知是否最快樂？我不懂得回答，

但慢慢懂得只知道什麼可以忘憂，

什麼不可以忘記。

Hoarding

○ ○ ○ ○ ○ ○ ○ ○

同事搬到距離工作地點不遠的市鎮，步行不過十分鐘，週租九百多澳元。這個三房兩廁的排屋式的居所，地下是入口加小小的玄關，二樓是廳和廚房，頂層是睡房和浴室。每個房間還有小露臺，三個人分租，每人付出三百元左右，實在便宜。尤其澳洲封鎖邊關，遊客不到，經濟蕭條，市中心和附近的租盤，都是租客市場，租金自然回落。聯邦政府叫租客跟業主商量減租，共渡時艱，業主恐怕失去租客，豈敢不從。同事打開網頁，讓我看到他們入住的排屋。這個由舊工廠改建而成的公寓，分高低兩幢。低的一幢內部改成了六間相連的排屋，高的一幢建成了五十個小單位。車庫設在地庫，充分表現了悉尼新舊融合的特色，不用把它全幢工廠推倒重來。市中心往西的帕拉馬塔大道（Parramatta Road）兩旁都是如此風格。舊建築物向街的部分保留，後面就蓋三至五層的單位房子。起碼舊日子歷史的面貌，不會隨時代湮沒。

有一段時間在想：年紀漸長，雙腳關節開始不靈活，住在三層排屋，豈不是給自己一個更大考驗。現今住了十多年的獨立屋的入口，只有數級樓梯，還算可以。朋友卻說，你的腿還未出現什麼問題啊！到了迫不得已的時候才考慮搬家，還不算太遲。想想也有道理，一生不斷在盤算下一步如何走，有時不免太累。有時想隨意一下，思想放放假。也許應該學習澳洲人普遍的 laid-back 的生活態度。Laid-back 就是悠閒。這樣的做事態度，本來不是好事，尤其在年輕要拼搏的階段，laid-back 變了懶惰散漫，甚至是不思進取的代名詞，父母更嫌你不長進，沒有大志。但時代在變，沒有永遠對的道理。活到打算退休的時候，才覺醒 laid-back 可能就是大家口中說的「慢活」，其實是一種非常適合的步伐。在這段在家工作期間，雖然大家掛在口邊說很希望面對面工作，身體卻很誠實。一星期五個工作天，每人原來只願意一至兩天回到辦公室。說好了的回到以前的光景，恐怕是不可能的事情。大家總有千萬個理由不願意回來。

　　說到底，住在獨立屋，其中一個好處是享受到較大的私人空間。以前租住過悉尼市中心南部的一個大屋邨的公寓單位，三層高，沒有升降機，上落只靠樓梯。還記得要省錢，自己提貨，把一部二十七吋電視從電器店搬上車子

行李箱，再由地下搬到家中。不過數年後 LCD 電視出現，
這部用顯像管的電視變成一部龐然大物。再搬家時棄它在
路邊，也不見有人立即願意撬走。至於單位之間相隔是石
屎磚頭，但是鄰居孩子練習鋼琴的聲音總會不時傳過來。
單位內分開兩層，樓下是廳，樓上是睡房。這樣似乎是有
一陣子相當流行的設計，令你覺得住在一個房子，而不是
一個單位。這個屋邨，一些三房的單位設有兩個上鎖車
庫。售樓經紀曾經特別帶我們參觀過一個出售單位，其中
一個車庫已經改裝為房間或工作間出租，証明大家對空間
的運用有不少心得。那時候單位的需求正在上升，附近一
帶的倉庫，已經逐漸變成一個又一個的大型公寓。到市中
心上班，只需要乘坐十至二十分鐘的巴士，難怪是非常受
歡迎的屋邨。

現在我家附近的多層單位，內裡間格都非常傳統，很
少出現一層起居廳和一層房間的設計。唯一例外的是頂
樓，分兩層設計，代價當然不菲。住在頂層閣樓遠眺，視
野難得廣闊，自然有些與別不同的感覺。我是老一派，拒
絕新樓的內裡物料。單位之間不用石屎，似乎相當化學。
內籠如此單簿，而且空間也愈來愈小。二〇一五年起新例
下一個工作室的空間最少要有三十五平方公尺、一房五十
平方公尺、兩房七十平方公尺及三房九十平方公尺。如果

不夠空間，不少發展商還在停車場的一端設有儲存空間，容你加個掛鎖。朋友住過，認為停車場的儲存間真的只是適合存放一些失去了也不要緊的雜物。據他說，這些掛鎖破壞容易，偷竊經常出現，真的無可奈何。

相比公寓單位，獨立屋也許容許你多存放雜物。既云雜物，多是沒有價值又捨不得丟棄的東西。有些人的車庫都是用來作儲存，車子永遠停在車庫外。打開車庫，裡面的風光，自然反映屋主是否有條理。有些人純粹作為儲存，放滿了大大小小的箱子，還有不少孩子的玩具。有些人的車庫裡面井井有條，除了搭建了層架外，剪草工具等等也安放得有秩序。奇怪的是獨立屋或相連屋（duplex）的車庫都太細小了，相比之下車子反而愈來愈大。如果你的車子不是小房車，根本不可能泊進去。不想浪費車庫，最後只好把它變成儲存間。

儲存東西到了一個不能控制的地步，便成為了病態。以前聽過邦迪海灘（Bondi Beach）附近的一間小房子主人，喜歡收集廢物，結果屋前的草地成了廢物場，引來鄰居的投訴。結果區議會訴諸法庭，頒下清拆令，把廢物通通搬走，罰款了事。但不久之後屋主又故態復萌，屋前照舊廢物堆積如山，區議會又採取行動。如是這般糾纏了二十年。這間於一九七三年以一萬五千澳元購入的細小獨

立屋，於二〇一八年曾經叫價一百八十萬左右試圖出售不成。二〇一九年屋主兩姊妹入稟法院，不服妨礙警方執行清除廢物的罪名，反而被法官加罪五千澳元。如果你有如此非常的鄰居，當然非常頭痛，房子的價值也大受影響。

　　囤積廢物的行為叫 hoarding，喜歡檢拾廢物的人叫 hoarder。距離我家步行三十分鐘左右也有一間門前擺放滿雜物的獨立屋，雜物包括發泡膠盒、紙盒、舊電器和奇形怪狀的物品。屋前草地也停放了兩部車子，竟然車廂裡也塞滿了廢物，車子也成為了廢物囤積的一部分。這間房子比邦迪海灘那一間還要大，門前的草地還未堆塞至難以容忍。看來左鄰右里的氣量真大，抑或區議會未曾採取任何行動？

　　心態已經失常，復原恐怕遙遙無期。懂得收藏，也應學習捨棄。話雖如此，原來要捨得，譬如放棄名與利，真的並不容易。

2020.11.2

甜甜圈

○　○　○

　　執筆之時，美國總統大選大抵塵埃落定。一個國家的選舉觸動全球許多人的生活節奏，証明資訊網絡無遠弗屆，也説明某程度上選舉結果會影響我們的將來。辦公室裡各人嘴邊或多或少談及兩個候選人之間的互動。我們幾個網上舉行的研討會上，主持人都不忘報導此刻選票的數字，等大家都投入一下。到了星期四，幾個關鍵州份選票情況還未明朗。為了讓大家不至忘了工作，有人開了工作間的大電視，接上手提電腦，把美國的主要新聞媒體報導的情況轉播出來，讓大家直接看個飽。不過奇怪這時反而沒有人坐下來細心看看膠著的狀態。經過時瞄了一下，見沒有什麼進展，就各自返回房間工作了。

　　説起選舉，最近澳洲國內才進行過兩州的大選，包括首都領地和昆士蘭州。首都領地在十月十七日舉行，昆州剛於十月三十日如期舉行。凡年滿十八歲住在當地的澳洲人必須投票。即使在新冠疫情蔓延下，從來沒有人認為需要延期舉行選舉。如果用疫情作為拖延選舉，那麼

許多生活都不需要如常了。首都領地感染數字到如今只有一百一十四宗，死者四人；昆州則有一千一百七十七人，六人死亡。這些數字當然和維州有別。但維州到今天連續九天零感染，零死亡，大家高興得叫這是 double doughnut day。這些狀似圓圈的餅食，變成了戰勝疫情的象徵，其實也很有趣。如果大家並不忘記的話，疫情擴散初期，大家湧往超級市場搶購廁紙，結果貨架上空空如也。三月七日悉尼西區兩母女為了爭奪廁紙與另一名女子大打出手。她們揮拳動作的錄影被廣泛流傳，揚名天下。事後她們給告上法庭，幸好法官輕判她們守行為一年。這件事大家引以為戒，廁紙未幾回復正常供應。相信不少家庭家中的廁紙藏量，都遠超正常。到了今年十月二十六日，Change.org 的總裁 Sally Rugg 拍下維州一間超市的 doughnut 給人賣光的照片，令人聯想到那些瘋狂購買廁紙的日子。當天維州州長宣佈首天零感染零死亡紀錄，恰巧首席衛生官 Brett Sutton 教授也同時在 Twitter 上載一張拍攝兩個 doughnut 的照片，表示很高興疫症快要完結。為了慶祝瘟疫快要過去，大家從此叫雙「零」的日子做 double doughnut 日。

　　Doughnut 的中文譯作甜甜圈，用它來表示零，大概因為它的形狀。其實早已有不少網上媒體報導疫情，用

doughnut 表示零數字，藉此減低對疫情的憂慮和恐懼。甜甜圈一如其名，是麵粉、砂糖、奶油和雞蛋混合後經油炸的食物。超市的常見的一種甜甜圈，是在油炸的表面上再裹上砂糖和肉桂粉（Cinnamon）。除了餅內裡的糖，還有圈餅表面的砂糖。甜是最大特色，更應該說甜得有點過分。譯作甜甜圈真是恰如其分，也是一種對身體沒有什麼益處的食物。悉尼本來有一間甜甜圈連鎖店叫 Donut King，記得在大學的食堂中開設過分店，提供簡單的以甜甜圈為主的食物。Donut King 是澳洲自己的品牌，創辦於一九八一年。疫情前全國的分店有二百五十間，海外的分店擴展到新西蘭、菲濟、沙地亞拉伯、英國和中國大陸。Donut King 和上海的一家公司合營，在中國大陸的開了十四間分店。近年在悉尼的分店卻陸續關閉。大學的分店早已關門大吉，我家附近的購物商場中的店鋪，也換了一家亞洲特色的飲料店。

Donut King 出售的餐單主要是甜甜圈，也提供冷熱飲品和軟雪糕。甜甜圈的顏色七彩繽紛，對小孩特別吸引。有人想到在甜甜圈上插上臘燭，向人表示生日快樂。Donut King 也設有套餐，通常包括一個熱狗、兩個小甜甜圈和一杯咖啡或茶，價錢比單獨購買較便宜，而且尚可吃個飽。近年要自覺減少吃糖，甜甜圈自然成為禁品。

但 Woolworths 連鎖超市偶然有十二個盒裝普通的甜甜圈特價出售，結果又受不了誘惑買來吃。告訴自己，每次吃一個，就已經到了每天攝取糖分的上限。我相信吃糖容易令人上癮。美味的甜甜圈不時令我懷念香港的「沙翁」。沙翁給油炸得通透，鬆化得像空氣，一口可以把它整個吃掉。它的脂肪成份可能比甜甜圈含量更高。沙翁原是廣東人過年的平民美食。過年中吃些甜的東西，可能是相當應景呢。

　　吃過的甜甜圈中，最好吃的是 Krispy Kreme 的原味甜甜圈，叫 Original Glazed，配方追溯至上世紀三十年代。這種甜甜圈表面鋪上薄薄一層糖，雖然是很甜，但味道卻是最好。剛出爐的 Original Glazed 入口鬆化，容易令人多吃，即使放上一兩天，味道也依然，也比超市的普通甜甜圈美味得多。如此好味的甜甜圈，其中一個缺點是價錢。但聰明的店主懂得推出購買兩打優惠，由三十一澳元起，實在超值。問題是如果你的不是大家庭，恐怕需要找人與你一起分享這二十四個甜甜圈吧。許多校園活動中，Krispy Kreme 的甜甜圈也往往成為義賣品，協助籌款。不過 Krispy Creme 分店不多，要吃的話便要駕車。除了專賣店，新州部分的 7Eleven 的油站便利店，也出售少量的甜甜圈，倒是非常方便。

既要滿足口腹之慾，又要考慮健康，的確是互相矛盾。如果你選擇健康為主的飲食習慣，甜甜圈最好避之則吉了。網上搜索一下壞食物名單，甜甜圈肯定上榜。《讀者文摘》於二〇一七年的一篇文章中指出，甜甜圈有三樣最致命的成分：反式脂肪、白糖和精製麵粉，所以大家應該認真了解它們的壞處。網上有許多食譜，教人如何製作美味又健康的甜甜圈。不過澳洲一般市面出售的食物，例如蛋糕和餅食，糖份都肯定超標。在咖啡館吃一件香蕉蛋糕，茶只需加奶，再加糖也嚐不出什麼甜味來。我的同事做個蛋糕帶回來與大家分享，也不斷強調少糖，放心食用。

　　能夠健康地活下去確是無價。生活習慣中的一點一滴，原來都跟活得愉快與否有關係。快樂是要學習的，健康也是一樣。世界上許多事情沒辦法掌握，不由得你控制。但至少趁著身體還健康的一天，為自己好好計劃。如果一個七十七歲的人能夠完成一屆總統的任期，也是因為他有不錯的健康吧。

2020.11.9
‧‧‧‧‧‧‧‧‧‧‧‧‧‧‧‧‧‧‧‧‧

甜
甜
圈

四十歲以後

○　○　○　○　○

　　四十歲時你在哪裡？回想十多歲那時的我，想告別慘綠的年代，自滿得以為自己到了二十多歲。到了二十多歲，事業正開始，陽光灑滿地，開心得以為自己到了三十多歲。到了三十多歲的年紀，前途未卜，但什麼都似乎在掌握之中，恍似無憂無慮。到了四十多歲，告別香港，在悉尼重新開始，一切彷彿又回到從前。現在回頭看看四十多歲的當時，原來已經十多年以後。確是昨日匆匆。一步一步的走過來，我的步伐竟然如此沉重。如今對別人說：該走便要走，我反而有點遲疑，不敢說對或不對。每個人有自己的腳步，也有自己的盤算和考慮。離開家園是很個人的選擇，只有自己才知道路是怎麼走，也絕對沒有對或錯。即使生活在澳洲十多年了，要搬到另外一個州居住也不是一件容易的決定。四十多歲這個年紀，的確過了半生，如果你還沒有擁有一大筆財富足夠退休，還要繼續工作，就要謹慎的走下去。

　　一個最近的調查發現，四十五到五十四歲這個階段澳

洲人，原來是最不幸的一代。許多僱主眼中，這一代的人最不能接受新事物，例如科技改變，所以很不願意聘用他們。全國四十五到五十四歲的人佔了二百九十萬，今年三月失業大軍有十八萬多人，佔百分之六點二。失業的數字從何得知？因為他們仍在積極的尋找工作。放棄找工作的人，不在計算失業率之列。僱主這種不公平的看法，稱之為年齡歧視絕不為過。男人又比女人更難找得工作。在年齡和性別兩種歧視之下，果然是舉步為艱，前途黯淡。加上疫情影響，許多商鋪停業，不少人甚至找一份臨時工也十分困難。

澳洲政府容許海外學生每週工作不多於二十小時。一般情況下，大學的碩士或博士研究生可能在校內找到一份導師的工作。以每小時約三十五澳元計算，尚可幫補一般生活開支。不過三月開始封關以來，就讀的海外學生減少，導師的工作也多少受到影響。其他就讀大學本科的學生，本來也可以到咖啡館或餐廳兼職。不過現在市中心上班的人比正常的少很多，商鋪多關上大門。勉強經營下去的話，也不會輕易聘請兼職。於是老闆在店裡身兼數職，節省開支算了。媒體不時報導，不少海外學生失去兼職，三餐不繼。有些同鄉經營的食肆，曾經免費送贈飯盒作為支持。電視畫面所見，不少人在門外輪候。專為貧窮人士

提供食物的 food bank，也多了很多人光顧。但我問來到我們部門實習的一個海外學生，她反而說沒有聽過有同學有如此境況。這個來自中美洲千里達的女孩，可能經濟情況不比尋常。她的本科就讀美國賓州費城，捨近圖遠來到悉尼讀碩士，跟其他經濟不俗的海外學生一樣，有強力的父母作背後支援，根本不用為三餐煩惱。至於畢業後，能否找到工作，倒是不用擔心。

另外一份報導指出，澳洲的工作，目前有一半是屬於短期、臨時或合約制。四五十歲的人士，除了難找到工作外，也難於找到長期固定的工作。短期的可是數天或是數星期，工作完成拜拜，大家兩不相欠。不少人也不討厭這樣的工作，因為有彈性，習慣的話看看可否繼續，不習慣的話也重新出發，或許可以停下來，去一趟旅行。我的一個朋友接受了大學自願退休的邀請，結束了十一年賓主之情，得到差不多一年的離職補償。我問他為什麼如此大膽。他說升職無望，做下去沒有什麼意思，倒不如出外碰碰運氣。他現在六十一歲，還想幹到六十四歲。結果憑他的資歷，來到我們這裡接受五星期短期合約的工作。大家碰面，我當然驚訝，但合作起來，他還是那麼積極。所以求職的難與易，有時不是單純從年紀看。僱主也不是白癡。如果沒有好的推薦，恐怕也沒有那麼容易成事。但找

工作愈來愈難，應該還是事實。尤其是和年輕的一輩爭奪相同的職位，你會選擇一個最燦爛年華的年輕人，還是一個在職場已經工作了三十年的中年人？

　　機構中的架構重組和工作性質的改變已經是常態。一份工作能夠持續，倒是因為它能否在組織中發揮作用。例如當年電腦開始廣泛使用之後，打字員的工作很快便消失了。澳洲的許多大學，因為聯邦政府沒有大筆撥款，財政主要倚賴來自海外學生的學費。封關之後，整體海外學生的人數減少了百分之十二，尚算不太差。海外學生不能親自到來，仍然用遙距的方法上課的人數約有十萬。悉尼是其中一個重災區。相比疫前，我們少了七萬學生，單以中國大陸學生計算，也少了兩萬多人，當然影響許多靠中國海外學生到來居住和生活的社區。這些海外學生到來的開支，包括住屋、飲食和交通，佔了他們總開支的百分之五十七。舉住屋為例，市中心一帶少了一萬名海外學生租住。即是說，一天他們不來，我們的許多行業將受到重創。

　　究竟是誰之過？聯邦政府或許能夠解答。自從今年三月以來，政府一直沒有想過如何重新打開大門。重災區的維州和新州已經多天零感染零死亡。各州已經陸續重開邊界，但聯邦政府仍然沒有什麼時間表，給海外學生回來。我們不開關，海外學生自然會找其他開門的國家讀書。當

他們付了學費預備啟程，想勸他們回來將會難上加難。情況變差的話，除了刪除學科，辭退教職員，還可能導致一些大學合併，從而減低影響。告訴我，長久以來，我們眼中的海外學生，除了中國大陸，還有什麼？

　　二〇二〇是多麼奇怪的一年。年初我們遇上了最嚴重的山林大火，尚未復原就迎來了死神肺炎。這兩場災劫是天災，也是人禍。歷史會否公道評價和翻案？我很懷疑。作為一個普通人，無法理解為什麼在政府的所謂抗疫措施推行下，還有那麼多人受到感染和死亡。難怪那麼多人上街抗議，拒絕所謂的封鎖社區，認為太嚴苛。這是個充滿懷疑、焦慮、不安和苦難的年代。原來四十歲以後，人生的精彩才開始，絕對不令人意外。

2020.11.16

夏天的味道

○　○　○　○　○

　　悉尼的夏天早就到來了。你一定驚訝為什麼悉尼的西區，不時上升到攝氏四十度這麼高的溫度。還好是一天兩天的光景，其餘日子只是徘徊在二十三十度左右，都不算難受。十一月是春末，晚上睡覺再不需要蓋上被子了。好夢一場後，早上起來時感覺微涼，風吹過一陣花香，真是人間最好的季節。只是這樣的時間畢竟太短，太陽高高升起，陽光穿透樹葉灑滿一地，便是兩副模樣。縱使手機上的天氣報告只說是二十多度，你還是覺得熱得有點嚇人。難怪早上六時至九時，都是大家的戶外運動的好時光。週末這兩個早上，如果不下雨，你更會看到不少人趁機出來，沿著行人路跑或散步。狗主人也帶著狗在草地上讓牠們跑個痛快。狗跑到陌生的你前面，瞪著你口含著球掉在你的跟前，要你把球擲出去玩個遊戲。看來動物比人更聰明、更懂得享受玩樂。狗知道你懂得擲出球，匆匆追逐它去了。

　　花開遍地，春天是悉尼最美麗的季節。以前有朋友

問，什麼時候來悉尼旅遊最合適？一般來説秋天都是最理想的季節，但悉尼卻不是，原因是通常秋冬多雨。旅行碰上下雨，是不是很掃興？許多地方秋天空氣清爽，不太冷也不太熱，沒有什麼理由會令人失望。只不過以前在學校工作，秋天正好開課，要抽空旅行，真的是難比登天。一般的學校假期在復活節、暑假和聖誕節，正好也是旅遊的旺季。香港是那麼小的地方，大家都是紛紛跑呀跑，走到差不多世界的盡頭。所以假期開始，大家都看到朋友放在臉書上登機門前的照片，又有不少的景點打卡的分享，非常熱鬧。不少朋友也喜歡到其他的大城市，以優惠價在酒店住上短短幾天，又可以趁機購物，可能比在香港消費更便宜。現在大家出不了門，反而流行 staycation。臉書的分享上，忽然多了朋友上載酒店房間的設備，例如牀、洗手間和窗外的景色。香港人真的聰明，無奈的日子，竟然有另一種分享的心情。至於我的一個同事，不斷分享他在小酒館喝的啤酒，証明他仍然非常快樂。

我們的遠遊，大城市都只是落腳所在，逗留一天半天就租車遠去。大城市的街道如迷宮，我的駕駛技術尚可，但要穿越其中，恐怕是我暫時仍未敢嘗試的挑戰。以前可以怪責駕駛地圖難看，現在有了衛星導航，其實也不算方便得多。衛星導航的提示，仍未能準確作出準確指示。有

時候也擔心在城市迷宮中走錯路，轉往不知道的角落，走不出來。只希望相信有一天無人駕駛的汽車，依靠衛星導航操作行駛，可以免除我這份無名的恐懼。不過盲目相信科技，還不及小心駕駛。即使是谷歌地圖衛星導航如何靠得住，它的語音提示卻非常有個性：有時說個不停，有時又過份沉默，令你在剎那間在分岔路上不知如何是好。你相有一天它會變得非常完美嗎？完全倚賴科技，那天就是人類的末日了。

　　悉尼的春天的腳步來自藍花楹（Jacaranda）。這種在我們的城市廣泛種植的花據說源自拉丁美洲和加勒比海，是熱帶的花，可以長高至二十公尺。看藍花楹的樹葉枯乾落下，到花朵盛開，綠葉再長出來，差不多要由冬末到春末，即是要整整一季。藍花楹的葉子細小，冬盡時葉子變成黃色，隨樹枝落下，滿樹的金黃可以比美楓樹枯葉的顏色。樹梢的枯葉落盡了，然後紫藍色的一束束的花朵悄然長出來，直到長滿一株，最美麗的是一樹紫藍，新綠還未長出來的時候。當然每株樹是一個生命，生長的過程也不一樣。今年氣候暖得早，雨天也多，看到藍花楹的樹枝長出了小樹葉，以為今年不一般。紫藍花和葉子一同長出來，花夾雜了葉，當然不及只有花盛開時那麼好看。

　　後院有一株藍花楹，鄰居靠近我們家的街邊也有一

株。記憶中街邊那一株基本上花開得很少也開得短，霎時間樹已經成蔭，藍花埋沒在新綠中，幾乎不記得這是株藍花楹。直到看到地上散落的紫藍花和枯乾後變成的泥黃色，才醒覺美麗不是永恆。這株藍花楹長得奇形怪狀，可能因為區議會久不久來把伸出路中的樹枝削去。更有一次一輛搬運公司的車子高速駛過這個彎角時，把部分的樹幹撞斷。樹木受了傷，也不可以復原。我們一向也許以為樹可以長青。但原來它們也有壽數，一樣有衰老和死亡。讓樹木專家一看，就知道它到底是活還是衰老。我們後院的藍花楹，本來和另外一株日本櫻花爭逐陽光。藍花楹的樹冠較高，覆蓋了部分的櫻花，令櫻花長得很瘦弱。藍花楹和櫻花兩者之中，必須取其一，否則兩敗俱傷。權衡之下，只好捨棄了日本櫻花。現在藍花楹長得如此茂盛，樹冠高過房子，覆蓋了後院的三分之一。有專家說不要隨便修剪藍花楹。要修剪的話，必須三年一次在冬天，由園藝家動手，移除枯枝，保持樹冠的形狀。我相信為後院藍花楹作一次如此大手術，一定要數千澳元。看樣子，只好讓它自由自在好了。

　　網上介紹觀賞藍花楹的景點，一定首推悉尼北岸Kiribilli 區的 McDougall 街。這一條不過三百公尺長的街道，兩旁長滿藍花楹，樹枝互相伸出覆蓋街中央，在花盛

開的日子，確是一條美絕的紫藍花道。不少人冒險走出街中，爭取有利位置，來拍攝最佳的角度，只有車子趨前，才走回路旁。相信在繁忙的時段，這一段街頭可能出示警告，勸告駕駛者小心路人。行人路的地上，也貼上「Take care, be car aware」的標貼。不過大家興高采烈，可能什麼警告也拋諸腦後。其實拍攝藍花楹，要拍攝整株樹，或者以McDougall街的眾樹並列遠景才有那種逼人的美豔。近距離拍攝，藍花楹的花太小，起碼要一束才顯得那種與別不同的美麗。

悉尼的藍色楹不只一處。距離悉尼六百公里的小鎮格拉夫頓（Grafton）更標榜它有二千多株藍花楹，一起盛開。不過離家太遠，我們從來找不到藉口去一趟。老實說，滿城藍花楹爭妍鬥麗，原來最盛開的的一株，可能就在不遠處某家的後院。說明了最美麗的東西，可能就是燈火闌珊、驀然回首那片刻。

2020.11.23

今天你在哪裡？

○　○　○　○　○　○

今天你在哪裡？

二〇二〇年十月二十八日下午，我在行駛的汽車中錄得室外溫度是攝氏四十四度，那時候我正在悉尼的北岸，往西南經過 Lane Cove 區到 Rhodes 區購物。Rhodes 是悉尼帕拉馬塔河南岸的一個半島，興建了許多中產階級住的樓房，還有不少的商業大樓。Rhodes 的購物中心的有 IKEA 的家品倉庫，可以給你逛上好半天。這個細小的購物中心，還有小型電影院、連鎖超市和美食廣場。不過如果沒有 IKEA，外人是沒有什麼興趣到來的，只有區內人來光顧那麼悶的商店。Rhodes 的吸引力在於近水的樓房，景觀不及悉尼東的無敵海景豪宅，但靠近河岸，高層一樣有可觀的河景。沿河興建了緩跑徑，給年輕的住客跑步做運動，樓房差不多是近十年落成的，嶄新的設計，因此仍算是不少人心中的理想居所。那時候尋找房子，也來過這裡參觀示範單位。那天單位內人山人海，設計和裝修都不俗，唯一不滿意是牆壁不是磚蓋的，採用石膏板

（plasterboard），好像十分兒嬉。後來參觀其他的樓房，原來大家的造屋設計都是這般，好處是成本低。一個房子內部用石膏板，比全石磚便宜得多。

我有一個上一輩來自印度的同事最近搬到這裡，對環境十分滿意，他們忙著搞新單位裝修，十分忙碌，給它一百分。老實說，靠近河邊，對岸有樹有樓房，河上有人划船，風景是否不錯？Rhodes 還有火車站直接通往北岸和市中心，一般是慢車，繁忙時段班次十至十五分鐘一班，你還有什麼好投訴？只是從北岸往市中心的市郊快車不停此站，站在月臺上，看到快車，感覺像新幹線的列車在快速颼過，算是一種心理治療。Rhodes 的人口，只有百分之十九的人生於澳洲。以族群分佈看，百分之四十是來自中國大陸、百分之十來自南韓，香港只佔百分之三。所以中式食肆大行其道，火車站月臺上更有不少大型地產廣告牌用簡體中文，地產經紀人人像明日之星，昂首挺胸，前途光明，住在此區，樣樣方便。身價雖然未必百倍上升，但有如一個小唐人社區，難怪同胞感覺如此親切。

一次在 Rhodes 河邊散步，看看河水泥黑，以為是那天陰霾籠罩的關係。再留心一看，河水裡豎立一張告示牌，警告大家不要在這裡釣魚，河水不適宜飲用，河水的顏色跟泥土沒有什麼關係，像一潭死水，一絲生命的

氣息也沒有。上網查看，Rhodes 原來是美國聯合碳化物（Union Carbide）化工廠的舊址。聯合碳化創辦於一八九八年，到了一九一七年成功取得乙烯的製造法的專利權後，搖身一變成為大公司。二次大戰後聯合碳化涉足合金、工業用氣體、農藥、電子及消費性產品。化工廠對環境的殘害，影響深遠。這些化工廠建立在落後地區，透過剝削勞工，賺取最大利潤，還隱瞞了化工產品在生產過程對人體的危害。

　　一九八四年十二月三月零時五十六分，印度中央邦博帕爾市聯合碳化物公司轄下，設於貧民區附近的一所農藥廠儲存的異氰酸酯（Methyl Isocynate）洩漏，瞬間二千二百五十九人死亡，死亡人數迅速增至三千七百八十七人。其後約八千人在接下來的兩星期中喪生。二〇〇九年的一份報告中指出，這次意外造成了五十五萬多人受傷，三萬八千多人暫時局部殘疾，約三千九百人嚴重和永久傷殘。異氰酸酯用作農藥，源自於印度開展綠色革命。聯合碳化物公司的高效能農藥，雖然曾經在納綷德國用作屠殺猶太人，但卻給引進以便提高農作物收成。異氰酸酯以液態方式儲存，儲存缸發生放熱反應，溫度上升到攝氏二百度，但冷卻設備失效，強大的壓力衝破閥門，殺人的氣體散佈開來。事後集團向印度賠償

四點七億美元，出售印度公司的百分之五十股權以興建受影響的居民的醫院和治療中心。當年爆炸工廠的遺址仍然有明顯的化學殘留物。這些有毒物質污染了地下水和土壤，導致多人生病。即使國家獲得賠償，可憐無辜的民眾成為資本家的犧牲品。至於賠償方面，失去工作能力的人和慢性病的受害人只得到一千至二千美元，卻一生承受苦痛，許多人也得不到一分錢。至於要為事件負責的人，後來很多已經老死，未能受到指控。

Rhodes 的現址，除了聯合碳化物公司，還有其他的化學工廠，由上世紀三十年代到八十年代中在此經營。悉尼的人口增加，市中心的範圍向外伸延。Rhodes 附近的 Homebush Bay 興建了二千年悉尼奧運會的主要場地，Rhodes 的化工廠也陸續搬遷。到了二〇一一年二月，所有所謂清理化工廢科的工作基本完成，州政府於是批准在聯合碳化物公司和其他化工公司的工廠地上，興建多層住宅。今天所見，Rhodes 已經徹底脫胎換骨，看不到舊的痕跡了，近火車站那邊，也蓋了許多的商業樓宇。往東到另一邊的 Canada Bay，有個大草坪，一家大小走到這裡走動走動，可以舉行簡單的燒烤大餐。如果不是走到西端的河邊，看到河上的警告牌，你也許並不知道這個半島上，一段化工廠的歷史。你的地產經紀有沒有告訴你這個

過去？知道了又如何？我當然一點興趣也沒有。況且我對那些新型的單位的結構也沒有信心。近年州政府放寬了樓宇的監督，有部分發現裂縫的單位大廈要大規模修葺。業主血本無歸之餘，還要不斷和政府周旋，更遑論討回公道。

　　氣象局早已預測這個週末最高的溫度，叫人不要暴曬於陽光下。在異常天氣下，為了避暑，大家各出奇謀。我們和朋友們都想起到商場歎冷氣，傍晚才回家。悉尼的大部分購物中心都給你三小時免費泊車。在 Rhodes 的商場也不例外，起碼你有足夠的時候逛個飽，又可以吃點東西。時間夠了，又驅車到另一個商場。全球氣溫上升已是趨勢，不能逆轉。年終我覺得最應該讀的是大衛‧艾登保祿（David Attenborough）寫的書 *A Life on Our Planet*。一九三七年全球的荒野面積佔百分之六十六，今年二〇二〇年只剩下百分之三十五，人口卻增長了六十億，再回不到以前。這個九十四歲的老人家，苦心寫下一個生命的見証，值得大家好好的反思。

2020.11.29

龍蝦風波

○　○　○　○

　　大國出手，不同凡響。澳洲的煤、銅、糖、木材、大
麥和酒紛紛碰壁，立即不准進入十四億人口的國境。新聞
媒體説未曾正式公佈，但跡象顯示，事情畢竟已經發生
了，我們究竟應該怎麼辦？老實説，外交上的紛爭，和我
們這些平凡老百姓的日常毫不相干，同事和朋友之間少有
提及，大家只是説今天應該好好享受美好的陽光，該是時
候出外找咖啡館喝一杯咖啡了。近來的確好消息不斷。新
州的疫情逐漸消退，每日州長的例行疫情記者會，早已不
存在，州長忙於巡視新的交通設施。新聞媒體網站的頭
條，再也不是新冠肺炎感染數字，而是恢復報導本土的喜
怒哀樂。澳洲出口到中國大陸的產品，佔最多的是煤和
鐵，達到百分之七十。位於出口第三位的教育服務，吸引
了二十五萬多的中國學生到來，佔了全部海外學生的百分
之三十。中國大陸果然是我們的大市場。

　　最近受害者是龍蝦。據説因為要通過食物衛生檢查，
一批原來送到一個上海美食博覽會的龍蝦，正在一個中國

港口等候「人道」發落。這批新鮮的龍蝦再多等四十八小時，就會魂歸天國，美味可口的肉質會變壞。二〇一八到一九年度，澳洲百分之九十四的 Rock Lobster 品種的龍蝦，都是運到中國，總值七點五億澳元。Rock Lobster 的養殖和採捕場，主要位於西澳和南澳兩州。說起來，澳洲聯邦政府曾經在今年三月，安排二百班專機，特別協助運送龍蝦到全球各地，以保障持續供應。可知龍蝦不能如期抵達客戶手中，對這些商戶的經營有多大的影響。但聰明的你，看到本地龍蝦出口的市場，原來只有中國，長此下去，龍蝦業的前境恐怕不甚樂觀。一個行業未能居安思危，不知道是什麼原因。只靠單一市場，也是一個非常不周全的推廣計劃，不足以應付多變動的世代。唯一解釋是盲目和過於樂觀，從來沒有想過，這一日來得如此快速。

不過西澳一個龍蝦出口商，想出了一個張良妙計。他們伙拍其中一間大連鎖超市 Woolworths，推出聖誕五折龍蝦大特賣，原價四十澳元的熟龍蝦，現在二十元可得。Woolworths 去年聖誕節，賣出龍蝦六點五噸，今年的大手筆，預計可以賣出三十五噸。消息一出街，街坊爭相奔告，四出張羅，果然短短數小時之內，龍蝦一掃而空。澳洲人聖誕節愛吃海鮮可想而知。位於 Prymont 區海旁的悉尼漁市場，平安夜前通宵營業三十六小時，就是應付大家

蜂擁而來搶購海鮮。二〇一九年聖誕節，約十萬人來到悉尼漁市場，購買了一百三十噸蝦和九十萬隻生蠔。今年疫後，相信大家會更加踴躍。

我們的朋友在悉尼北岸的 Woolworths 購得二十元龍蝦一隻。如此好運，恐怕是上帝的恩惠。昨天到遠郊的一間找尋，海鮮部的女孩説查詢的人很多，卻從來未有供應。Woolworths 全國有九百九十五間分店，分配到三十五噸龍蝦，平均每間分得二十多隻。我們鄰近的分店也不見龍蝦蹤影。附近居民除了本土澳洲人外，亞裔人也非常多。大家對海鮮的熱愛，不下於本地人。即使原價四十元的龍蝦，也絕對不是沉重的負擔。當然用四十澳元，可以購買麵包二十條，或者十三公斤香蕉。你也可以買到燒雞四隻，足夠你吃四餐。每隻 Rock Lobster 平均重六百克到一公斤多，一年四季都有供應。即是説，一隻夠吃一餐。四十澳元一隻的龍蝦，畢竟不是人人所能負擔。不過到了海外，龍蝦的售價上升到每公斤三十至五十澳元，在高級食肆，價錢更上漲到最貴一百四十澳元。

在二十澳元特價龍蝦推出之前，大家其實已經很關心能否趁機一嚐美味。塔斯馬尼亞州西部小鎮斯特拉恩（Strahan）的漁戶 Jason Hart 早已想到，與其等待聯邦政府的好消息，不如自救。他和其他的漁戶聯手在海灣

龍
蝦
風
波

碼頭以每公斤三十至五十澳元的價錢，出售龍蝦，反而有不少人到來購買。但斯特拉恩位於塔州西陲，距離首府荷伯特四小時多的車程，未免太遠。大城市的人親自出手相救，也是遙不可及。不過我們總可以利用其他辦法，把龍蝦運往大城市，讓多些人可以享受。捕捉龍蝦的成本不菲，漁戶要花差不多接近三十澳元一公斤來營運漁船。即是說成功能夠出售龍蝦，就起碼不需要虧本。經過這次教訓，大家就開始想到，與其集中單一市場，不如分散輸往其他國家。今年也是五十年來經營得最艱苦的一年。瘟疫令捕漁暫停了一段時間，現在又面對一個不穩定的將來。

龍蝦是美食，但一如許多澳洲人一樣，總覺得它在餐單上太貴，遇上海鮮價，會令一般晚飯的食客卻步。另外一個朋友夫婦間中趁特價買一隻新鮮回來，自己烹調，功夫稍多，但價錢合理，也更健康。原來網上有許多烹調的影片，教人如何煮龍蝦餐。澳洲出產的蔬果和海鮮，品質都是一流，只可惜最好的往往輸往海外，給他人享受，本地人卻緣慳一面，是什麼道理？例如鮑魚，以往親友到來，必會買一些帶回去。現在問起哪裡可買鮑魚，我無言以對。可能海外的某些急凍市場，尚有好的鮑魚供應。悉尼北岸 Chatswood 區一所鮑魚專賣店，也關了門轉換了另一間鮮果飲品店。市場的變化那麼急促，街上已經不是

過去那些店子了。

　　我們的優質產品不能到達彼岸，海外的學生又不能回來。正是澳洲經濟的雙重損失。但不放寬海外學生歸來，只能歸咎於聯邦政府的防疫政策。據說全面開關要待明年的二月底三月初。十一月三十日，七十名來自中國、日本、越南和印尼的學生乘新加坡航空公司專機飛抵北領地的達爾文（Darwin）市，進行十四日的隔離，再飛往其他城市。但還有十三萬五千人等候陸續回來，其中最多來自中國大陸和印度。要等多久才可回來是一個謎。

　　買不到本地龍蝦，只好買幾條龍蝦尾以作心理和口腹治療。龍蝦尾每條七點五澳元，一看才發現來自巴西。龍蝦尾的肉鮮美可口，用牛油煎煮，加香蔥醬，混合意大利麵，也可飽吃一餐。找不到最好的東西，退而求其次，仍然感到一種自由的幸福。

2020.12.14

龍
蝦
風
波

過冬

○　○

　　小時候大人說冬大過年，一直記得。在南半球冬至在六月底，根本不是傳統過冬那回事。以前在港，冬至那天要上班，一般都叫大家早點回家，和家人吃個晚飯。如此為這天遵守一點傳統，想來真的有點意思。昨天看看日子，忽然想到，十二月到了尾聲，香港的冬至該來了。上網查看，才知道今天冬至是十二月的二十一日。過了冬至，聖誕便到了，一年將盡，新的一年來臨，很快農曆新年又到了。三個節慶如此接近，也許便是香港的十二月如此有節日氣氛的緣故。

　　冬至那天，即使如何忙，也不管是否有其他節目，也要準時回家跟家人吃晚飯。年輕時候冬至和父母吃的晚飯，我已經完全忘記了，卻隱約記得吃的餸菜豐富，其中必有黃油雞，還可能是皮薄而爽脆的那一種。現在看見雞皮，敬而遠之，免得為累積脂肪煩惱。但本地超市中供應的雞，差不多是白皮雞，只有在凍肉店還有特別標明黃油雞出售。可見並非沒有，而是需求少，而且可能品種在這

裡也不普遍。兩大超市的燒雞，十澳元一隻，有時候下午許多還未售出，索性減價到七澳元，恐怕是入市良機。兩隻燒雞腿，加上清菜，足夠做兩個人的晚餐，餘下的雞胸肉尚可用作三文治餡。但製作燒雞主要是焗烤，在烤的過程中失去了肉汁，雞肉變得較乾，不甚好吃。有時候烤得過了火，雞皮也燻得較黑。不過七澳元的燒雞實在合理，而且立即可食用，不能計較得那麼多。如果嫌超市的不好，可以考慮光顧街上燒雞專門店，味道可能並不一樣。單靠售賣燒雞的店，可以在瘟疫下維持不關門，實在非常困難，恐怕不少已經結業了。

說到底，一般悉尼的燒雞店，出售的都是本地的製法。燒烤的味道很香。尤其你肚餓的時候，什麼也是覺得可口。但吃了一口，便知道滋味如何，很難想像燒雞為什麼如此令人失望。悉尼有一間標榜燒雞的連鎖快餐店叫 Red Rooster。從藍山返悉尼市的 M4 高速公路旁，就有一間分店在油站隔鄰。它的標誌是一隻紅色的雄雞。有一次返悉尼途中餓了，匆匆找東西吃，走進去叫個半隻燒雞餐，店員說賣光了，叫雞件吧。燒雞店的燒雞售清了，是好事不是壞事，証明店子生意不俗，只是供應鏈出現了問題，只好叫雞腿和雞翼充飢。曾經一段日子不時光顧距離我家不遠的 Red Rooster，原因是購買冷凍的整隻燒

過多

雞。把燒雞拆肉，就可以做午餐吃的雞肉三文治。熟燒雞當然香，因為來自塞在雞肚中的香料發揮作用。所謂獨門秘方，恐怕就是這回事。聽說有朋友吃燒雞，也一併把這些香料吃進肚子裡。既然是食用香料，應該是沒有什麼害處，這種絕不浪費食物的行為，應該值得鼓勵吧。

　　吃本土的燒雞，自然想到母親過節做的白切雞。年老的她當然不能再動手做。想起來，少年時為了過節吃到雞，只能提早買一隻回來，飼養在籠子裡，等牠肥大些，在過節當天親手宰殺做餸。這段飼養日子，少則一星期，長則半個月以上，可謂絕對吃得不容易。現在母親還是愛吃雞，除此之外，就是魚和菜，吃得頗為健康。問她吃了什麼，都是如此一貫的回答。患了健忘症的她，只能有短暫的當前記憶，還有一些遙遠的惡夢，所以有時候她會突然的哭，就像一個需要呵護的孩子。原來人老了一切倒退過來：體力衰退，記憶消失，像電腦硬碟上的 bad sector，不斷的增多。幸好硬碟可以重新格式化，但硬體的老化，除非有備份，一切自然走向衰亡。人的肉身當然不能如此永遠美好。所以很不理解為什麼有兩個老人家在政治舞臺上競逐國家元首，其中較大的一個還扮作很有活力。到了七十多歲，所謂有活力，其實很有限。倒是奇怪為什麼機會不給予比他們年輕的人？年輕人在哪裡？

我一個同事的父親在悉尼行醫，太老了，家人照顧不來，安排住進了老人院。他原來是醫生，對別的醫生給他開的藥，當然很有意見，看護的照顧，也看不順眼。所以同事在工作時，偶爾會收到父親打來的電話，投訴這投訴那。有時候更要離開崗位，到一旁對著手機輕聲細説，解開老人家的困擾。直到有一天同事説起父親，好像開解了她的心情。原來他開始忘記身邊的事物，但可幸的是仍然知道眼前探望他的是女兒。沒多久，他告訴女兒自己正在身處新加坡重操故業，生活得忙碌及很開心。同事鬆了一口氣，又可以回復正常的工作。數月後不幸她的父親去世了。同事沒有傷悲。死前父親活在一個他幻想中的世界，其實也不算太壞。不過相信我們很難明白，患上健忘症的人的世界，是什麼模樣。

　　沒有冬至的悉尼十二月，聖誕就是夏季的主旋律。大部分商鋪於聖誕節休息，新年卻照常營業。踏入十二月，大家已經計劃如何歡渡節日。今年聖誕節的氣氛不如往年，是意料中事。疫情反反覆覆，根本像是折磨每一個人，病毒散播可能要到明年方休。事實上今天説州與州之間恢復通關，卻不料明天將要預備鎖上大門。澳洲人愛的戶外活動就要勉強在限制之下舉行。政府呼籲最好還是留在家中，等瘟疫過去。我有些同事於是口罩不離身，做足

過冬

防護工夫。沒有戴上口罩的我，反而有點不禮貌。

　　夏天本來就是熱，不過今年是熱加上潮濕，像極了熱帶氣候。悉尼上星期先來了幾場大雨，雨水把海岸的幼沙給沖走得七七八八，滿目瘡痍。然後繼續再來幾天毛毛細雨，好像叫人沙灘止步，真的叫人洩氣。北半球過冬，我們這裡過夏。這個夏季過得膽顫心驚，一點平安的氣氛也沒有，原來人與人之間彼此真的息息相關，福禍與共。不管是迎接冬至或是夏至，原來大家都已經不經不覺，經歷了一個悲傷、怪誕、憤怒和痛苦的一年。我們這一群還在地球上健康地呼吸的人，盼望餘下的十多日裡，可以看到連綿雨後的彩虹，大地陽光普照。

2020.12.21

登山避暑

○　○　○　○

　　酷熱的夏天到來，自然想起避暑。澳洲這麼大，但要在十二月找個涼快的地方，確是一個挑戰。除非你妥協，安裝空調，降低溫度，可能人間樂土就在自己的家。怪不得夏天外邊蟬噪不絕，街上陽光白得耀眼，冷清清沒有一個人，原來大家都躲在家中享受涼風，不用受苦。跟同事提到炎熱難擋，不斷抱怨，但原來彼此思想都很固執，老房子都沒有安裝冷氣機。到底是否因為安裝冷氣機費用太高或是憂慮付不起電費，不得而知，兩者都有可能。消費者委員會屢次比較暖爐，得知保溫有多款選擇。結論都是安裝空調，因為可以一機兩用，冬暖夏涼，而且是最節省能源的辦法。夏天降溫，風扇的成本最低，但似乎效能不高。即使名牌 Dyson 的出品，外型獨特，卻強差人意。在空調開放的房間，風扇把冷風帶往每個角落，當然更加涼爽。可是單憑風扇吹，其實沒有什麼作用。我的朋友趁大減價買了名牌冷暖風的型號，一試便知龍與鳳，真的與網上的測試結果類似：噪音大，卻沒有覺得特別涼爽。想一

想，一把設計特別的風扇跟減低溫度是兩回事。在陳列室試用，環境經過特別處理，你的感覺定必特別深刻。霎時衝動，買了才算，後悔已經太遲。

現在資訊發達，大家在購買之前，不妨做少許功課，看看用家報告。但有時所謂用家，都是「贊助」用家，不然不會經常發表測試。製造商送上新產品，自然希望你多來點讚，少來點彈，遊戲規則定下來，大家識做，否則沒有人願意送過來給你彈得一無是處。以前聽朋友說過，某本電影雜誌就是如此在窄縫中經營。電影上映前例必盛讚，批評可免則免；落畫後才認真的評論一番。這樣做，確實兩全其美，各不相欠，也是好辦法。至於名牌風扇的效能，也不能太勉強。畢竟是一把風扇而已，你不能期望太高。網上有不少廣告，介紹一個小型冷風機，只需要加水，開動了便可以降溫。這個不時在網頁甚至社交媒體出現的廣告，都令人以為是一個小型而便宜的冷氣機。後來看了些試用報告，才了解它的降溫過程，是通過釋出水份達到的。有些人發現開了不久，房間便出現滿佈濕氣，跟開了冷氣機的效果正好相反，結果過度的濕氣令人更加不舒服。

這種製造涼快的方法，令人想起新加坡的大排檔。記得有一次逗留在新加坡數天，早午晚三餐都在酒店附近的

大排檔進食。我們光顧過的攤檔，就在一個球場場館的座位下面。小小的地方，幸好裡面什麼美食都有。這些露天的攤檔當然沒有空調，只有掛在牆上的大牛角扇在吹，還有不時噴出的水氣，就把日間的熱浪驅逐得七七八八了。如此聰明的設計，果然是另一番的滋味，沒有因為熱減低了食慾。也因此相信住在熱帶地方久了，適應了戶外的溫度。後來在網上看到一個眾籌的降溫新產品的介紹，是一個佩戴手上的小儀器，靠近脈搏感應低溫，從而令人覺得沒有那麼熱。這個設計原來只是擾亂了你的神經，果然達到自欺欺人的效果。後來眾籌不很成功，支持者甚少。看來大家都不是盲目相信科技，必會付款前事先推敲一番，結果沒有上當。

　　避暑妙法之中，澳洲人一般湧往海灘暢泳，悉尼市東岸海邊人山人海，水裡載浮載沉。但也有人懂得向深山進發。資料顯示高度每上升一千公尺，氣溫會下降約攝氏十度，可惜澳洲大陸境內的最高點，只是位於大雪山區高二千二百二十八公尺的科修斯科山（Mount Kosciusko），要驟然降溫似乎不可能。科修斯科山所在的大雪山區，冬天會積雪，但滑雪場上的雪是靠從造雪機吹出來的，不然不會那麼厚那麼白，令你覺得如斯浪漫。

　　前往科修斯科山，先要到山下的小鎮特雷德博

（Thredbo），然後坐升降椅（chairlift）登山，再徒步六千五百公尺到峰頂。這路線從悉尼駕車單程大概要接近七小時，即使你天未亮便出發，一天往返幾乎不可能，也不能暢遊山上，白白浪費了好時光。山中的氣候，或晴或陰或下雨，氣象局的預報也頗準確，令人不會失去預算，算是值得參考而已。一般人到大雪山，都是在冬季在雪場滑雪，不用到國外。不愛滑雪的我們，數年前冬季坐吊車到 Perisher 山谷的滑雪場。雪地上一點也不好走，氣溫太低，風太急，陣陣冷氣撲面，不滑雪根本只有在室內喝杯熱咖啡。冬天上科修斯科山，絕對是個挑戰。升降椅停開，要從 Charlotte Pass 那一端徒步十公里登山，才到峰頂。這時山上鋪滿積雪，的確是另一番境界。

我們到過大雪山數次，近年愛在春夏間前往科斯修科山看野花，所以總是從小鎮特雷德博那端登山。小鎮位於國家公園內，二十四小時私家車門票十七澳元。登山的升降椅即日來回門票每人四十五澳元，全程十分鐘。如果嫌貴，七天前預訂可以有八五折。除非你打算無論天氣好壞如何，必須登山，否則一切還要看天。

這次聖誕節前登山，意外地發現遊人稀少，反而坐升降椅登山玩越野單車的人更多。這升降椅的票容許遊人當天無限次升降，玩越野單車的人在陡斜的山坡上俯衝而

下，當然可以盡興。當中不少還是年紀很小的本地人，勇敢地在山道馳騁，技術了得。即使我能夠回復我的青春，也不敢嘗試。升降椅就是一張露天的座椅，你可以從高處看風景，感受到清風和陽光。

科修斯科山山上的雪，跟往年來的時候一樣，早融化了，但意外地看到更多的野花，其中有些沒有看過，因為可能那時候花早謝了。可能今年下雨天較多，因此山上草地較綠，小花盛放。雖然不至叫人驚喜，但遍地開花，一藪又一藪，確是難得的自然。今年山上的步道部分曾經修整過，走得更容易，只是近峰頂處的碎石路，教人要放輕腳步。

到達峰頂，大家不期然坐下來，拿出食物，享受一個片刻的寧靜。今天天氣極佳，只是微涼，太陽從雲裡出來，寒冷的感覺迅即消失了，只餘下一陣微溫。回望山下，來路像一絲幼線，在山坡上曲折蜿蜒。世事紛紛擾擾，前路茫茫。難得高山之上，容許我有片刻寧靜的心情。

2021.1.3
●●●●●●●●●●●●●●●●●●●●

登
山
避
暑

本土寶藏

○　○　○　○

　　剛過去的十二月底，悉尼像北半球的聖誕節。氣氛慘慘戚戚，真的沒有半點暑氣。由十二月二十五日開始，到新的一年，記憶中斷斷續續下雨的日子多，晴朗的日子絕無僅有。雨水有時來得突然凶猛，有時綿綿不絕，停了一會兒又再來。如果計劃要到戶外去，只好準備迎接下雨，帶備雨具。太陽好像放了大假，露一下面又躲起來。在陰霾一片中，有時以為不是下雨，但天色昏暗，定睛一看，其實是下著幼細像絲的雨，差不多看不見。晚上的氣溫普遍下降到攝氏十四五度左右，除了潮濕了一點，溫度非常舒服。夏天蓋上被子睡覺，真的是少有的怪事。初時還有蚊子在耳邊嗡嗡叫，安裝了電驅蚊片，效果不錯。現在夜間那麼冷，以為蚊子大概不會來了，不過早上起來，在窗子防昆蟲的屏障上，有時還看見蚊子伏在上面，等待機會飛進房子裡。想起我們剛過了怪誕的二〇二〇年，惡運頻傳，全球病死了那麼多人。如今夏天不像夏天，又有什麼奇怪？二〇二一年能夠回復常態，恐怕是言之尚早了。

去年這個時候，山林大火正在肆虐。新州南部的小鎮 Cobargo 正是其中一個重災區。由 Cobargo 想到位於盛產芝士的貝加（Bega）。貝加在 Cobargo 以南約四十四公里，人口四千多人，由悉尼驅車南下四百二十一公里。一天往返，雖然匆匆，絕對可行，但建議還是在途中找個海邊小鎮投宿一宵。不過大家都喜歡到悉尼以北的海岸，多於南部的內陸。數年前來過貝加的芝士工廠附設的展覽館，走馬看花。它是旅遊必到之地，你可以進去品嚐各種類型的芝士，然後購買。以前不懂得許多本地出產的乳類製品，後來才逐漸發現許多小品牌。貝加這個牌子，已經在連鎖超市中佔一席位，並不局限於當地。我嚐過貝加牌的芝士和花生醬，品質很不錯。因為它是澳洲本土出售的產品，自然要支持購買。澳洲的農產品，其實品質非常高。許多運到國外出售，成為別人眼中的高級貨品。在超市上的貨架上一看，蔬果大部分來自本地。新鮮的肉和魚，也一樣是本地供應，除了冷藏庫內的急凍食品，根本不假外求。澳洲的第三大超市 ALDI，資本來自德國。但是貨架上的食品，絕對是澳洲本土，只不過是它自家品牌，所以不是在媒體上看到的熟悉的名字。不過老實說，它的品質新鮮，價格比兩大超市便宜。澳洲人很精打細算，沒有人理會是否名牌。走到 ALDI 超市一看，購物車

本
土
寶
藏

滿載的比例，比其他兩間歷史悠久的超市還要多。以前會嘲笑別人買這麼多的物品是自尋煩惱。現在才知道，孩子多的家庭，食物消耗的速度及數量超乎想像。一星期購物一次，也許並不足夠。大家開始明白，為什麼掀背車或 SUV 在這裡如此流行。把大批購得的物品搬回家，用上掀背車的載貨空間，當然比一般私家車的車尾箱好得多。

貝加和其他澳洲品牌盛行，並非偶然。愈來愈多人知道，名牌的價值，從來是靠推廣和宣傳，售價可能比成本高許多。澳洲的產品，在國外用上另一個品牌名稱，絕對有理由。不過全球化下，許多澳洲的品牌已經由國際的投資者持有，維持同一個名稱便好。澳洲著名餅乾 Tim Tam，本來是 Arnott's 公司的食品。Arnold's 公司於一九九七年由金寶湯公司購入，二〇一九年又售與另一間美國公司。Tim Tam 是巧克力外層的餅乾，甜得非常屬害。維基百科把它譯為「甜頂」，正好說明它的甜味，早已超越一般人接受的極限。但 Tim Tam 已經是國際名牌，並不局限於澳洲本土。

論澳洲的道地食物醬，不得不提 Vegemite，按照英文讀音譯為維吉麥，但似乎不是這回事。谷歌和 DeepL 都按相近意思譯為「素食」，更是相距十萬八千里。Vegemite 是一種深棕色的食物醬，是由釀酒的副產品

酵母提煉加工而成，一般塗於三文治和多士上進食。但 Vegemite 帶微苦，而且極鹹，味道怪得令人意外，像我幼年時吃過的保衛爾牛肉汁。即使澳洲人，也不把它作為一般早餐的食物醬。許多專家建議大家先在多士上塗牛油或植物牛油，然後再薄薄塗上 Vegemite，但不要塗太多，這樣便容易入口。話雖如此，吃 Vegemite 是一個挑戰。甚至有人說過未曾品嚐過它，不算是真正澳洲人。Vegemite 誕生於一九二二年，後來由卡夫芝士公司持有，直到二〇一七年，回到貝加公司懷抱，於墨爾本港的廠房生產。

以前以為澳洲的東西貴，有些水果也不便宜，不捨得吃。但朋友卻認為吃在肚裡，令自己生理心理滿足，才是生活的至高享受。聖誕節前，據稱兩大超市聯手，大家期待買到便宜的熟龍蝦。每次到超市的海鮮部，都一直希望看到有龍蝦出售，可惜總是緣慳一面。直到有一天偶然經過，竟然發現三隻龍蝦，給人買去兩隻，剩下一隻，立即買下來作晚餐。先把龍蝦開邊，然後鋪上碎芝士焗，果然鮮甜無比。難怪好的東西總是由價高者得。這隻二十澳元的龍蝦，於海外可能作價一倍以上。如今回到本土，大家當然無任歡迎。吃不到的人，要不時走去超市碰碰運氣了。

近日芒果和車厘子大賣。芒果又大又多汁，二澳元一

個，實在是太超值。至於車厘子，超市賣十二澳元一公斤，形狀似乎較小。記得有一年參加一個往楊格（Young）鎮的旅行團，行程中包括在果園中自由採摘車厘子，按重量付款。但園裡車厘子都很小，似乎不是好品質，有些失望，結果沒有買。後來看到其他果園種植的車厘子，用盒子裝滿一公斤一箱，又大又紅。那天由大雪山回悉尼，途中停在一個加油站休息，旁邊一個臨時攤檔出售車厘子。見生意那麼好，於是跟別人入內看看。只見一個漢子和他的母親兩人看鋪。大家只嚷著要一盒車厘子，價錢也不問，取貨便走。於是我們也要了一盒。原來這盒一公斤的車厘子售三十澳元。漢子說是昨天從楊格的果園新鮮摘下來了，叫我們放心。

回家品嚐，和超市十二澳元的比較，果然有大分別。這一盒車厘子較大，咬下去皮爽脆而鮮甜，的確不是俗品。如今恍然大悟，南半球的袋鼠國，根本是寶藏處處，不必妄自菲薄了。

2021.1.5

吃在 Newtown
○　○　○○○○○○　○

　　踏入二○二一年，大家還未準備好上班的心情。星期五的辦公室裡，只有我一人，其他同事，或在放假，或在家工作。澳洲人的聖誕新年假期碰巧遇上夏天，所以大家巧妙地用各式各樣的方法，把它延續，製造一個悠長的假期。十二月聖誕節來臨，工作的部門容許大家搞一個小小的慶祝，就是節日氣氛的開始。按照以往慣例，不同的群組和部門各自搞聖誕聚餐，讓大家輕鬆一下。不過今年疫情影響財政，每人的聚餐費都削減了，甚至不容許你出席別的部門的聚餐。話雖如此，大家依然興高采烈找個好地方，最初找得老遠，還特別要安排交通工具前往。不料老天黑面，突然連續數天下大雨，氣象局更提出惡劣天氣警告。結果為求大家能夠順利前去聚餐，改為到一個附近的泰式餐廳。從辦公室不過步行十多分鐘。餐廳也靠近火車站和巴士站，直接由家中出發也可以。

　　泰式餐廳位於這個叫 Newtown 的社區。顧名思義，Newtown 這名字原來可能是悉尼市外的新市鎮的直接意

思。説起來一八三二年由 John Webster 夫婦兩人開的雜貨店，就叫做 Newtown Stores，店鋪就在火車站現址附近，後來大家就直接取了店鋪名作為社區的名稱。由最初的農地和小社區到今天的城市化，可以説是城市發展的縮影了。由悉尼的中央火車站往西乘火車到來，只不過是第三個火車站，車程不到十分鐘，不過這段鐵路線是慢車，快車不會停留。但往市中心的巴士必會經過 Newtown 的大街 King Street，所以反而不少人選擇乘坐巴士，尤其往大學的學生和教職員。從巴士走下來就是校園，比火車更便捷。

今天的 Newtown，當年所謂新的東西紛紛消失了，社區變得陳舊，然而大家並沒有覺得有什麼問題，可能城市的規劃中要保留如此的面貌，或是有計劃重建一些地標，以維持它具有歷史的一面。我們總是失去了舊的東西，才緬懷昔日的風光。由大學校園到火車站的一段 King Street，印象中的樓房十多年來依舊是老樣子，只是舊店換成新店。大多數房子都是接近原來面貌的兩層高建築物，間或有一幢公寓式的住宅。因為鄰近校園，Newtown 當然有不少食肆、咖啡館和書店，其中泰式食肆不計其數，更有不少十澳元以下的午餐「碟頭飯」，比大學的飯堂更便宜。從校園任何一幢樓房走過來，都不過是步行五

分鐘。我在外邊走過，不時看見幾個系裡的同事坐在食肆的一角，獨自一人吃一碟泰式炒飯或炒麵，然後趕快回去授課。有幾回想跟店內進餐的一個美國來的學者打個招呼，趁機問問他的教學進度如何。不過他低頭只顧著吃飯，很匆忙的樣子，結果打消了念頭。過了數個月傳來不幸的消息，原來趁暑假他返回美國渡假之際，在高速公路上遇到交通意外身亡。人生的際遇叫人歎息。此刻他在你的眼前，原來已經是最後的偶然遇上。

泰式餐廳那麼多，可能跟我們眾多的海外學生有關係。這些來自中國大陸和東南亞的學生，對這些既便宜又不俗的午餐相當受落。不過從來搞不清楚到底是泰式、印尼式和越南式的餐廳的我，隨便找一間便進去吃午餐了。跟同事一起，各自付帳，我只點一些價錢合理的午餐。大家都是常去熟悉的地方，但有兩間餐廳再也不光顧。一間是親眼看見侍應把客人未喝光的清水重新倒進水瓶再用。節省食水而不顧衛生，眾目睽睽下如此舉動令人咋舌。同事常去的另一間，有天他看到甲由橫行，回來告訴我們即使侍應如何以禮待人，也堅決不再支持。不過 Newtown 的顧客，除了學生外，也有一些喜歡特色午餐的中產階級，不介意付出多一點的錢，吃一些精美的餐。所以有些餐廳其實走高檔的路線，一個午餐要近三十澳元。澳洲人

吃得疏爽，有經濟能力的食客當然不在乎這個區區小數目，甚至不在乎多付一些小帳。

King Street 街上，自然少不了小酒館、中國、越南、日本和西班牙式的食肆。小酒館中，以愛爾蘭小館最有特色。不喝酒的我，進來是嚐他們午餐的牛排。這二百五十克的 Rump Steak 絕對不是區內最便宜，但氣氛卻是無可比擬。如果不買酒精飲料或汽水，清水是免費供應的。小酒館熱飲欠奉，要飲免費的清水，就是水喉水。至於中式的，一間大眾化的餐廳位於大街上，粉麵飯的菜單非常清楚，舉頭一看價錢，就可以落單，像一般快餐店的運作模式。另外一間中式齋菜，採取自助餐形式。自取飯菜後再到櫃面付錢。其實這些齋菜，以煮熟的蔬菜為主，沒有那些傳統油炸的食物，反而更健康，甚至澳洲本地人也可以偶爾嚐嚐這些中式蔬菜的滋味。另一間以嶄新形式的中菜餐廳是吃點心的專門店，原本是韓式餐廳。我和同事三個人叫了幾碟點心，吃得半飽而已，因為均分帳單，差不多每人要付三十元，較一般的午餐貴得多。去了一次就沒有人再提出了。大家心中都知道，雖然這裡的點心真的和一般中式酒樓很不同。落了單，師傅才在廚房製作，通過玻璃看那一端的確做得很用心。至於價錢稍高也不是大問題，而是本地人沒有為點心如此瘋狂過，偶一為之算是很

不錯了。澳洲的移民到來的族群那麼多，要找適合大眾口味的餐廳，還是找泰式餐廳吧。大家都容易找到有什麼好吃。

要數吃的地方，還可以找到日式。近校園那端，有一間提供日式的午餐，有一段日子遇上一個會說廣東話的老闆。她說她不是老闆，只是朋友叫她來幫忙便來了。這樣的理由真的信不信由你。但她確是一個懂得交際的管理人員。聽到我們這群人說起廣東話，便走過來和我們聊起來，還努力介紹當天那些食物最新鮮，例如三文魚不錯啊，吃個燒三文魚午餐吧。如此盛情，難以推卻，而且也沒有失望過。不過她跟侍應和廚師說倒是普通話，所以我們從來不相信這是一間真正的日式餐廳。

疫情持續下去，只好繼續留在辦公室吃簡單的三文治了。要出外到 Newtown 吃個午餐，還需要一點勇氣吧。

2021.1.11
• • • • • • • • • • • • • • • • • • • •

想回家

○ ○ ○

　　每年一月下旬，澳洲人慶祝兩個節日。其一是二十六日的國慶日，另一個是四大滿貫之一在墨爾本舉行的澳洲網球公開賽。國慶日之後，中小學的暑假就結束了，大家準備復課。澳洲網球公開賽的決賽也在這段期間的一個星期日舉行。換言之，球賽結束了，也結束差不多個半月多的長假期。不過今年因為新冠肺炎疫情影響，澳洲網球公開賽要延期到二月八日開始，男單決賽安排到二月二十一日星期日，變成了二月份全國的盛事。以前一個同事是瑞士名將費達拿（Roger Federer）的忠實粉絲，一定要親到現場觀賽。墨爾本的 Rod Laver Arena 本是朝聖之地，但門票由三百五十到最好位置的近一千澳元。一票難求，況且上佳的位置早已被許多企業和公司訂下了。但同事計算過，打入決賽有天時地利人和三大因素，即使買得門票，決賽選手其中之一不是費達拿，那麼便沒有什麼意思。所以他只是看初賽三兩場，以費達拿的水準，必定輕鬆過關。然後他再飛返悉尼，從電視看餘下的賽事。可是

世界排名第五、今年已經三十九歲的費達拿，去年接受兩次膝蓋手術後休息，沒有積極參加比賽。去年十二月底他宣佈今年不來參加澳洲網球公開賽，當然令觀眾失望。但他在個人網頁上寫道：經過和教練洽商後，決定在二月底才復出參加競賽。

　　沒有費達拿，澳洲網球公開賽會依舊舉行。費達拿是個焦點，許多人的話題都是環繞著他究竟能否再奪得冠軍。但後起之秀太多，的確逐漸把前浪蓋過了。大家都以擊倒大名鼎鼎的前輩為榮，所以有費達拿，就增加了這個賽事的趣味性。而且他大多舉家前來，直播的鏡頭不時停留在他的一家身上，總有說不完的故事。費達拿奪得獎項與否已經不是問題。他說過很喜歡澳洲，很高興也希望可以再來。我們也總是多麼貪心，希望他可以奪冠一次。然而運動比賽需要非一般的體力。年紀大的運動員，比年輕的一輩，理論上體力自然吃虧。不過許多職業運動員都說過，他們日常的訓練，早已經準備了長時間的比賽，體力足夠有餘。當然作為電視觀眾，我們也愛看球員打球時的美妙姿勢。曾經在一份學術的期刊上，讀過一篇討論費達拿球技的文章，裡面說到球迷喜歡他，就是他擊球的姿勢，幾近完美，所以才如此令人迷醉。經他一說，再翻看網上一些精彩錄影片段，証實此言非虛。難怪可以一看再

看再三看。

　　為了準備比賽球員的來臨，維多利亞州早已嚴陣以待，確保新冠肺炎不會從國外傳入。酒店隔離是其中重要的關卡。但之前維州出事，就是酒店的保安人員被感染，再散播開來，証明病毒的傳播的風險非常高。近期倫敦的變種病毒，更令人喪膽。一旦知道有人感染，政府馬上採取極端的措施。不過近來病毒傳播迅速，已經令人非常不安。悉尼的北部海岸一區曾經是傳播熱點，要封閉該區三星期，上星期才解封。可是病毒已經在大悉尼地區廣泛傳播開來，今天錄得六宗本地感染。而因為疫情，州政府已經下令市民出入公共場所，包括商場，到咖啡館餐廳，使用交通工具等等，都必須戴上口罩，也規定要使用新州的手機程式登記進入和離開，十分緊張。現在要到超市，必須戴上口罩才可入內，還要掃描政府提供的二維條碼以作追蹤。以前大家都沒有想過戴著口罩是必須，還有些人爭辯不休到底口罩有沒有用。現在不管你有什麼想法，戴口罩已經是一個行政命令，不可違規了。警察負責執行，勸喻無效後便發出告票。

　　來自洛杉磯和阿布札比接載澳洲網球公開賽的參加者和隨行人員的兩班包機上，已經有兩人被驗出有病毒。機上共四十七人立即被強行隔離兩星期。距離比賽開始只有

兩星期，換句話說，參賽者要想辦法在酒店隔離期間進行練習。如何在房間中練習，相信有無比創意和空間才行。瘟疫流行初期，不時有人在網上分享他們如何在兩所相連房子的後院打球。玩意需要創新，但不到場地練習恐怕不能。缺乏練習，相信這些球員都不能保持水準，更遑論跟沒有隔離每天如常練習的對手作賽。那麼便出現一個公平的問題。排名高的球手如祖高域（Novak Djokovic）、拿度（Rafael Nadal）、威廉絲姊妹（Serena 和 Venus Williams）等，資源足夠，一早已經到達南澳洲阿德萊德進行操練，到比賽前夕才飛抵墨爾本。可以想像，對大會的安排有意見的人將會更多。

不過大家的疑問恐怕是：為什麼參加澳洲網球公開賽的他國球員可以來，三萬八千名滯留於海外的澳洲公民不能回來。大家當然看到對國際賽事的參加者和澳洲國民的分別，所以聯邦政府才馬上宣佈派出二十班包機接載澳洲人回家。不過阿聯酋航空碰巧宣佈，因為澳洲減低每日入境人數，所以停飛往來悉尼、布理斯本和墨爾本的航班，即是說，如果登不上包機，自行安排回來將會更困難。據說其中五千人已經到達一個身心非常脆弱的地步。試想想一年不能回家，精神飽受摧殘，政府竟然毫無解決的方案。

雖然澳洲網球公開賽的賽事於維州舉行，但入境的禁

令是聯邦政府的政策。一個國際賽事和國民的身心健康，誰更重要？現在已經有了答案。一場瘟疫蔓延開來，暴露了政府其實沒有什麼具體辦法。大家都懂得說 this is a year like no other，但到如今，大家還是給一場瘟疫搞得團團轉。下一個的問題可能是如何拯救我們的大學財政。不准回來的海外學生人數將會接近三十萬。這當中，算一算，學費、住宿、交通和日常生活，多少人要靠他們養活。

二〇二一也將會是 another year like no other。澳洲的封關來得決絕，所以感染死亡的人數才只有九百零九人，相比其他地區，我們的確較為安全。大家僥倖的活著，戴口罩變成了市容。瘟疫下大家都變得神經兮兮，希望它盡快消失，卻又知道它還隱藏在身邊，隨時隨地，像一個巨大的海嘯捲過來，把生靈淹沒。

2021.1.18
•••••••••••••••••••••

世界不一樣

小郵局

○　○　○

　　那天到校園的郵局，把剛出版的拙作小書寄給海外的朋友。郵局位於一座叫 Bank Building 的古舊建築物的地下。銀行以前可能真的就在這裡，後來搬走了，名稱就留在建築物的牆壁上。校園像一個社區，一座建築物有一個特定的用途。銀行需要擴充，或者找到一個人流多的地方，所以才遷到另一座建築物。現址設立了郵局，和一個學系共同享用這個空間。大樓前有一小幅空地，三個大郵筒安置在一旁，另一端有一排木座椅，這個格局有古老建築物的氣派，跟其他擠在一起的新大樓很不相同。

　　郵局比一般的社區郵局小，原本只是服務大學校園人士為主，讓你把信息從悉尼送到全世界。喜歡到這裡，因為沒有校外的人跑來這裡光顧，所以不需要輪候在長長的人龍後面，印象中只有午飯的時間才有較多的人到來。不過這刻門前的空地上，許多的行李喼和紙箱堆放在一起，幾個人用膠紙緊緊的把一個又一個的喼和箱子綑綁好，貼上封條，看來是安排用貨運寄出。郵局裡幾個職員忙得團

團轉，外面有人不時走進來，向櫃面查詢還需要填寫什麼表格。

　　以前經營校園郵局的是一個來自馬來西亞的家庭，他們後來在另一社區繼續經營郵局生意，可能看到那邊的顧客較多。接手的是幾個操普通話的漢子，以為是繼續艱苦經營，沒想到這幾年下來，郵局的生意好轉得那麼快。澳洲郵政服務既是公營，也是私營。說公營，因為它是聯邦政府屬下的商業機構。由一九八九年的郵政處，搖身一變成為一個公司架構的組織，也有一個管理全公司的行政總裁。澳洲全國有三千多間郵局，由私人擁有，有大有小，從城市到小鎮，以至偏遠的鄉郊，是現代的驛站，還跟速遞公司爭生意。澳洲郵政全資附屬的 StarTrack，以搬運起家，以前大學搬運辦公室傢俬，全由他們包辦。但 StarTrack 也是速遞公司。那次在澳洲 Amazon 訂一本實體書，下午完成訂購程序，網上說好了兩至三天送到，結果翌日下午 StarTrack 的速遞員來到門口，把書送到手中。這個流程的安排如此順暢，足以証明，除了要打書釘，真的再沒有需要到書店裡去。澳洲的書店愈來愈少，只剩下老店 Dymock，其他早已消聲匿跡。位於大學校園的書店叫 Co-Op，以前開課前學生在門前排隊購書，是校園生活開始的一景。除了教科書，當然不少學生是不看其

他書的，所以平日書店門堪羅雀。加上學生懂得運用影印的神效，一書多用，因此生意慘淡。Co-Op 其後也引入其他的商品，例如運動衣、文具和小型電腦用品，企圖扭轉劣勢，不過敵不過電子化。數年前書籍和教科書紛紛變成 e-book，任學生下載。到了這個階段，Co-Op 結果關閉所有書店，由另一間網上書店接手經營。Co-Op 現址一分為二。鋪面三分之一變了甜品飲料店，三分之二變成電腦公司門市。從此我又少了一個午飯後減肥的好去處。

澳洲郵局自負盈虧，所以一般店內有許多商品出售，例如文具、賀卡、電話卡、影印、傳真、書籍和小禮品，甚至小型電器如電視、DVD 播放機和電腦的儲存卡也齊備，也可以交水費、電費、氣體燃料費和電話費。最奇怪的是可以預約時間，到來申請護照。護照是有效的旅遊証件，但填寫表格、拍照、核對文件和繳費，一個櫃檯職員就能肩負重任，不能不説是郵局的特殊任務。所以即使有兩個櫃檯，其中一個正在處理護照申請，另一個就要照顧長長的人龍了。你可以説護照那麼重要的文件，一定要政府官員處理才行吧。但申請手續不過是例行程序，批准與否最後還在聯邦政府。職員按照規定，小心核對資料，也很熟練的取出相機，叫你站在白色的背景紙前面，爽快的替你拍下一張合格的數碼照片，然後一併把表格和照片的

電子檔案收集。你付了錢，回家等護照寄來。一般來説三星期就可以收到。但政府寄出的護照，現時仍然沒有追蹤的服務，中途失掉了大有可能。網上建議不如要求到郵局領取更安全。郵局在星期一至星期五營業，有些還在星期六上午開放，但大家還是覺得要走一趟，不很方便。

澳洲郵政的品牌標誌是鮮紅色，但制服的式樣是螢光黃色。此地市郊的郵差的送信工具是電單車，車尾掛上一幅小旗幟。他們戴上防曬帽，穿上螢光衣，駕著車由一間房子到另一間房子，把信投進門前的信箱，只有設有追蹤服務的郵件，郵差才會來到門前，按你的門鈴。所以看到郵差的機會不會很多。至於速遞的服務人員，也有他們的送貨方式。按了你的門鈴，你一應門，他們已經飛奔回到車上，準備離開了。

郵局的郵件追蹤服務，只是多花數澳元，但免除擔心不知道郵件到了哪裡，很值得考慮。使用這個服務，以往需要用筆填寫一份表格，要大力寫得清清楚楚，以便底下的過底副本也一樣看得到。職員然後把整份表格貼在郵件上，計算郵費，付費之後，你得到一張收據，上面有一個追蹤號碼給你了解到了哪裡。今次來到校園郵局，職員指著一張告示，告訴我剛改了方法。細心一看，原來要用手機的相機掃描二維條碼，繼而打開郵局的網頁，上面就是

追蹤表格的電子版，跟手寫的一樣，要我清楚的鍵入所有相關資料。最後一欄我必須確認資料正確，接著便列印了一個電子二維條碼。如果你提供了電郵，這個條碼也即時送到電郵戶口。拿著二維條碼到櫃檯，職員便迅速印出表格貼上郵件。我面前的職員說這個通知來得很短，給他們帶來了額外的工作。我覺得填寫表格的過程都是一樣，但要適應不是一兩天的事情。只是如果顧客沒有手機，不能掃描二維條碼，有沒有其他辦法？職員沒有回應。

　　這個世界是逐漸走向電子化了。管理高層假設每個人必定有一部手機，也懂得如何掃描二維條碼。但事實上對不少人來說，手機是奢侈品，上網的費用仍然高昂。看來趕不及走上電子這班列車，快會無處容身，不知所措了。

2021.1.25
●●●●●●●●●●●●●●●●●●●●●●

步向黎明

○　○　○　○

開課沒多久，大學員工例行有免費的流感疫苗接種。起初我還有一點遲疑不決，後來想想自己一把年紀，身體尚好，但抵抗力絕對不能跟年輕小伙子相比。舉個例說，眼見別人冬天穿著一件螢光短袖上衣，輕輕鬆鬆在戶外工作，自己雖然還不用穿著厚衫，卻不能跟他們穿得那麼少。許多人根據不同的報導，煞有介事做起專家來。有些說疫苗只針對幾種該年流行的病菌，卻不可能針對所有致命的病毒。打了疫苗，給你保護，卻不是全面的保護，所以與其打疫苗，不如小心謹慎，不就是可以免於流感的侵襲嗎？說得像很有道理，但流感既然是無形，又怎麼可以輕易防備呢？根據美國的疾病控制及預防中心的數字顯示，每年死於流感的人數，平均由三十萬到六十五萬，這個數字真的令人難以置信。既然無法可以做到百分之百的預防，倒不如接受疫苗接種。經過自己解釋一番，理由似是而非，總之心安理得便算了。

記得第一年流感接種，校方只是安排地點在一個小房

世界不一樣

74

間裡，由早到晚，連續數天。既然是員工福利，豈會錯過。我選擇剛開始的早上九時，只碰上一兩個熟悉的臉孔。大家好像有點尷尬，也有些意外。輪候座位上，你看看我，我也看看你，打了個招呼後默不作聲，心裡懷疑為什麼碰巧你會到來注射。大家也沒有多問，心照不宣算了。我希望疫苗有助減少感染流感，理直氣壯，當然毫無懼色。其實接種過程很快，坐下來跟護士回答幾個問題，瞬間疫苗便打進手臂，那麼輕鬆，只有少許疼痛，貼上棉花膠布也在匆匆忙忙中完成了。接種之後，我必須稍坐十五分鐘，沒有感到不舒服，才可以安然離去。經驗告訴我，只要在接種過程中放鬆，問題不大。接下來的當天，工作依舊，下班時才醒覺原來早上接種過疫苗。後來每年碰上的同事也多了起來，自自然然的寒喧一番，就像在咖啡店裡遇上一樣。接種的地點也逐漸換了個大房間，甚至安排在不同的校區舉行。去年新冠病毒初起期間，大學安排同事到各社區的特約私人診所接種，不用老遠走到校區，非常體貼。老實說，病菌絕對沒有階級性，也一視同仁，只要不幸遇到，自然給你帶來無限麻煩，嚴重的可以喪命。年輕一輩不等於比年老一輩幸運。這數年我染上流感較少，可能歸功於這些疫苗。但我一個較年輕的同事接種過疫苗，卻久不久給流感折騰得大病一場，死去活來。

澳洲沒有戴口罩的文化，香港以前也沒有。大家都一直欣賞日本人戴上口罩可以防止接觸其他病毒，也不會傳染他人。有些習慣來自社交禮儀，即使多麼不願意，你也得照樣做，否則會受到歧視和責備。因此不難理解新冠肺炎初期蔓延開來，有那麼多澳洲人抗拒戴上口罩，所以也不應該用責備的口吻說這些人多愚蠢。大學裡的工作文化中，大家都會說 family first，即是說，家中有事，例如直系親屬有急病，簡單如看醫生，必須放下工作趕快離開，上司不會說不。你的孩子第一天上學，你也可以請假陪伴他渡過這個重要的時刻。至於染病，更是有偉大的理由在家休息，不需要出示醫生紙的病假一年有四至五天。大家說好了，如果你不舒服，請你留在家中。同事不舒服，寫個電郵請假，都是說 stop the germs spreading around（不讓病毒傳播），直至病好為止。基本上，沒有什麼人是帶病上班的。這樣勉強上班，大家不會欣賞你工作能力強，反而是擔心你在辦公室裡涕淚交零之際，有多少人不幸中招。所以叫你別回來，是出自真心。沿用香港人那種打不死的精神，在這裡是不管用的。你病中強行回來，大家看到你的尊容，婉轉的會叫你多休息，直接坦白的會叫你滾回家去。

病了吃藥，以前是平常事。但在悉尼一般染上流感，

醫生都是叫你喝水多休息，或者吃 Panadol。覺得喝白開水淡而無味，可以喝果汁，很嚴重的才開抗生素。到要吃抗生素，表示你的病需要強力之手速速搞掂，別無他法。現在吃藥已經很有效，很少需要打針。不過我過去的病中記憶，永遠想起年幼時頭痛發燒，母親帶我到私家醫生診所求醫的經過：坐在長椅上等待，前面的一部小電視永遠播著節目，牆上掛上「仁心仁術」的玻璃鏡面。進去看到醫生，剛坐好，護士已經叫下一位病人進來。醫生叫我伸出舌頭，往嘴裡看，說我喉嚨發炎。他一貫的說不如打針吧：打針會快好。旁邊的母親自然回應說好啊好啊。到打針完了，拉好褲子，一拐一拐的從診症室出來，都不過是五分鐘的事情。然後等待取藥付款，慢慢走回家去，吃過母親準備的稀粥再吃藥，接著倒頭大睡。到了半夜出了一身大汗，翌日身體便好起來。至於屁股打了針的位置，好幾天還在疼痛，的確忘不了。這個經常光顧的醫生，上午在灣仔，下午才到我居住的筲箕灣診症，所以總是不準時。我在香港工作時，一個同事病好了復課，交出病假紙，一看醫生的名字原來還是他，那已經是十多年後。年老了還在工作，証明他還是得到病人支持，那麼受歡迎。

今年是否還有疫苗接種，現在言之尚早，也可能要讓位給新冠肺炎疫苗了。記得去年還戴著口罩在古老大禮堂

接受流感疫苗接種。那時候剛開始要遵守社交疏離，每張椅子之間的擺放要有一點五公尺的距離。這一點五公尺的距離維持至今不改，變成了一個參考。現在大家早已經視生活一切如常，除了公共交通工具上，其他地方不硬性規定戴上口罩了。這個在我們生活中仍然若隱若現的肺炎，可能要大部分人接種了疫苗之後，才會消退，但不會完全消滅。根據聯邦政府的最新公佈，除了郵局和醫院外，我們可以直接到全國六千間參與計劃的其中一間藥房，便可以得到疫苗接種。

　　如果三月開始的疫苗接種計劃順遂，才能走出黑夜，步向黎明。這是一個高度傳染性的病毒，令人喪膽。現在活著的我們，還有什麼其他更好的選擇嗎？

2021.2.1

●●●●●●●●●●●●●●●●●●●●●

補品

○ ○

　　數天前吃完午飯，便出外迎接美好的陽光。這個多雨的夏季，難得一天晴朗，留在室內是浪費了美好的光陰。簡單的十多分鐘短時間接觸陽光，絕對有益健康。最近一個使用藥物的調查中說，進食維他命補充劑已經成為了許多人的習慣，但其實並非所有維他命都要補充。例如澳洲人普遍缺乏維他命 D，而且缺乏得很嚴重。每年家庭醫生跟進例行的驗血報告結果，都不忘告訴你，緊記要定時進食維他命 D 補充劑啊，繼續吃，不要停止。如是這般，乖乖吃了好幾年，健康的指標都正常，看來真的恆之有效，不由你不相信。奇怪的是，有些朋友也做了健康檢查，說他亦需要進食維他命 D。網上搜索一下，原來超過百分之三十的澳洲人都有輕度、中度甚至嚴重的缺乏維他命 D。維他命 D 低，會導致骨骼和關節疼痛，或者影響肌肉功能，所以家庭醫生總是不忘再三提醒。不過維他命 D 中的 D3，其實不必靠吃膠囊補充，只需要每天曬太陽十多分鐘便可以吸收。問題是，為什麼那麼難實行？

老實説澳洲的陽光的確毫不溫柔。冬季大地要溫暖，無話可説；夏天的陽光基本很惡毒。早上十時以後，如果再不退回室內，就是愚蠢。太陽還未升起時的二十二、二十三度，清涼得還要考慮要不要加衣。當上升到二十八、九度的時候，陽光從樹梢照過來，背上只感到一陣灼熱，加上過度曝曬於陽光下，會引致皮膚癌。澳洲癌病協會的警告，就是告訴大家陽光中的紫外線有多嚴重。它設計的手機程式，就是根據紫外線的照射程度超標而向你預警。你要決定是否仍然逗留在室外。因為大家都太關心陽光中的紫外線了，反而因為有這個覺醒，大家都不主動走出外，所以資料説大家在夏天吸收的維他命 D 最低，冬天反而較高。如今有新的樓宇已經安裝空調，除非工作需要，大家都覺得留在室內最清涼。

好像有人説過，澳洲人日常生活好像和維他命補充劑分不開。你逛街逛購物商場，定必會遇上維他命專門店，裡面包羅萬有，你可以找到不同牌子的維他命補充劑和其他營養補充劑。即使是新州著名連鎖藥房 Chemist Warehouse，維他命也佔了其中許多的貨架。以前許多到訪的旅客，除了帶澳洲的水果和海產回國之外，一小瓶的維他命補充劑也是難得的手信。Australian Made 的標貼，基本上就是品質優良的保證。當然今天貨運那麼便捷

容易，要買澳洲的產品，不必親身到來了。但你遙遙千里之外來到，還是個有心人。如果有親友在中國大陸，你還可以依賴「代購」經手。數年前，一個前同事合約快完了，我問他有何打算，他說可能搞搞「代購」這門生意。他由新加坡移民到來，卻願意嘗試和中國大陸的顧客打交道，足證生意無分國界，也不分遠近。不過後來他好像沒有把生意搞出來，在另一間大學找到工作後，就安份下來。這樣的生意，沒有人脈關係，恐怕不會有多大的可能。

　　有一段時間，營養補充劑之中，我還會常飲蜂蜜沖溫水，認為對健康有幫助，其實源於以為新西蘭的麥蘆卡（Maruka）蜂蜜的療效。根據維基百科，麥蘆卡蜂蜜是蜜蜂從麥蘆卡花中採得花蜜後，再在蜂巢中釀製的蜜。外觀上它較一般蜂蜜的顏色更濃，接近褐色。大家相信麥蘆卡蜂蜜有藥療，因為新西蘭的原住民一直使用它作為傳統醫藥，治癒感冒和消毒，更有人認為它治好胃潰瘍。但它的具體療效，卻從來未經證實。新西蘭批准產品使用麥蘆卡蜂蜜的名稱，必須要有百分之七十的花粉含量。在華人社區的回國禮品店，有一個產自新西蘭的蜂蜜，就標明是真正的麥蘆卡蜂蜜。初期一千克一瓶的蜂蜜只售二十澳元。後來給大肆吹捧新西蘭是個純淨無污染的國度，這瓶麥蘆卡蜂蜜竟然漲價三至四倍。其間有不少的所謂麥蘆卡蜂

蜜，其實是假冒的，有些品牌更滲入了過多的糖份。其實麥蘆卡蜂蜜的特別味道，只可沖水飲用，一般不能用作煮食，例如燒烤。自從身價暴漲後，我與麥蘆卡蜂蜜的「甜蜜」溫馨日子，不久便結束了。

　　生活在澳洲久了，才猛然想起，沒有吃補品這習慣，更沒有在港的時候，久不久要喝一杯廿四味或者吃一盅龜苓膏這回事。這裡華人社區的中藥店，還是傳統的模樣，印象中好像到過一次看醫生配藥。當然我不會忘記幼年時候父母給我吃的補品。其中主要是因為治療我的近視。為了減輕近視加深，父母花了許多錢購買一隻叫「石斛明眼丸」的中成藥給我吃。每一顆黑色的丸藏在白蠟內，稍大於玻璃彈珠。打開了白蠟，然後把藥丸切開小份才可以咀嚼，艱難吞下肚中。即使是份量細小，但典型中藥的苦味刺鼻。聽說藥已經混合了蜂蜜，否則難以下嚥。吃了不少後，近視沒有減輕，眼鏡換了一副又一副，然後才停止吃。到了應考大學入學試那年，吃的是「白蘭氏雞精」，因為聽說喝了後可以提神，更容易集中精神溫習。可是每次喝了雞精，精神沒有特別振奮，只是晚上入睡容易，睡夢特甜，翌日精神當然好。是否因此對回答考試題目發揮得好，不得而知。考試結束，喝雞精的日子也完了，也不用喝得那麼辛苦。辛苦的永遠是父母，捨得把錢花在我們

數兄弟的身上。

　　現在把新鮮的蔬果，當作增強健體魄的補品。想一想，有什麼比吃新鮮的東西更健康？有段日子常煲從香港帶過來的涼茶包，以為可以清潔一下自己的五臟六腑。後來發現本地的中藥店也有茶包出售，不用趁回港時帶過來。不過喝過後，沒有什麼好與不好，感覺已經不再像舊時。既然如此，不如順其自然，不必那麼刻意了。移居到悉尼，像一株植物，經過了一些日子，適應了本地氣候，自然和這裡環境協調，再沒有水土不服這回事。澳洲是個大糧倉，吃的東西，從來不缺，價錢有平有貴，視乎經濟能力選擇。如今故園人面桃花，繁華逐水流。而我在這個廣闊的大洲活得健康，就應該勇敢闖闖它的天涯海角，享受每天的精彩。

2021.2.8
●●●●●●●●●●●●●●●●●●●●

補
品

農曆新年

○　○　○　○

農曆新年剛過去。南半球夏天的悉尼，氣氛當然不及北半球，那裡過年確是盛事。今年二月的傳統新年只是多元文化中的一個習俗，不是新南威爾士州的公眾假期，雖然可以慶祝，不取假的還是繼續上班。記憶中以前大家都說是 Chinese New Year，說了這麼多年，從來沒有人說到底正確不正確。不過要特別強調這是中國人的新年，在移居到來的族群中，還是有些爭議。朋友之中，韓國裔的慶祝這個新年，泰國裔、越南裔的和柬埔寨裔也有這樣的習俗。即使他們的祖先來自中原，但經過幾個世代，從一個地域遷徙到另一個地域，早已經不完全是中國人的血液。硬要和中國扯上關係，真的很勉強，也很令人傷心。等於你在街看到一個黃皮膚、亞洲人臉孔的人，就魯莽地當他是中國人一樣。沒有多元文化的警覺性，別人會很不高興，也是沒有禮貌。今年悉尼市中心的農曆年慶祝，就直接叫 Sydney Lunar Festival，節目裡面當然以中國的習俗為主，地點就在唐人街一帶，稍遠的要數巖石區（The

Rocks）的市集。以往的龍舟比賽，今年好像取消了。

　　我們常說的多元文化，不是只掛在嘴邊。最近校方特別為大家陸續安排學習文化多元，鼓勵同事之間在崗位上工作，要注意別人的文化背景。大學的內聯網，大家都找到自己族群取假的理由。同事是回教徒，每年的齋月（Ramadan）結束，例必取假慶祝。一如我們的農曆新年，親戚之間互相拜訪問好，很有意思。大學取假寬鬆，所以他可以趁機會多取一至兩天的年假，延長假期。我們有點不服氣，華人社群那麼大，具有文化傳統的意義的就有農曆新年、端午節和中秋節。後來終於發現了假期種類之中，除了病假、事假和有薪假期之外，還多了一項 Cultural Leave，意思是和我們的文化傳統有關。Cultural Leave 下面可以選擇 Chinese New Year，換言之，在農曆年初一當天，可以額外取用一天的有薪假期。至於其他的族群，例如配偶是華人，或者來自越南、南韓的，不是 Chinese，不知道有沒有機會享受到這個假期。我不會八卦的向人查詢一下，反正大家一般都有許多年假。當然你要用如此理由取假，也要視乎當天有沒有重要的工作。例如要上課，學生不能沒有老師。這樣的情況，理論上可以取假，實際上並不可能。上司也可以簡單的說不。

最近大學改用了一個新人力資源系統。未更新之前，大家在舊系統上還見到給我們選擇的文化傳統假期，現在已經改稱之為 Lunar New Year，果然是言出必行，功德無量。大家無須尷尬的申請假期，而且惠澤許多同樣慶祝農曆新年的社群。更新之後，文化傳統假期放在特別假期之下，沒有列舉特別的假期名稱，大家只需要在詳細資料上填寫農曆新年便可以了。我的同事自然可以這般申請慶祝齋月結束的假期，我相信只要合理，而且又是普遍認可的文化傳統節日，都可以是一個理由。像以往香港那麼多宗教信仰的假期，像佛誕，恐怕不能當作一個特別的假期。新州的公眾假期只有十一天，跟基督文化有關的有六天，包括復活節和聖誕節。約百分之三十六的澳洲人信仰基督教，所以並非不合理。我們的年假有二十天，還可以累積到四十天。放假太長，又沒有什麼地方可以去，當然想恢復上班。

無可否認，農曆新年是大節日。悉尼華人社區定必人山人海。我附近的華人聚居社區，靠近火車站。火車站的西邊，華人店鋪林立，公眾停車場也在那端。至於東邊，則是韓國人天下，店鋪恐怕只及華人店鋪的一半左右。除夕下午回家，車子經過華人社區還有兩公里，道路已經擠塞起來。我的車子在外邊繞過，只能緩緩而行，到家的一

點五公里，車子卻行走了三十分鐘，比正常慢了二十分鐘。以為這是疫後大家回到辦公室上班，下班回家路上的老樣子。後來一個朋友傳來照片，原來華人社區人頭湧湧，單是在其中一間燒味店的排隊人龍已經有七十多人。你可以想像別的售賣過年應節食品的店鋪，也一樣熱熱鬧鬧。有人認為過年沒有擠過市集，上過頭柱香，貼上揮春，或者在屋子裡擺放年花，就不算是過年。至於食物，例如年糕、蘿蔔糕、燒味等等，也是不可或缺。如果把這些習俗都統統搬到悉尼來，不能不光顧華人社區的店鋪，為在異鄉的家添上一些節日的氣氛。難怪我駕車回家，車子走得那麼慢，如果我闖入社區的範圍，沒有一小時，恐怕走不出來。

回想起來，這些年來生活在悉尼，農曆新年初一上班，並非不尋常，碰上週末，當然是好事，不用取年假。近年當文化傳統節日成為了理由，非常安樂，不假思索就取假了。悉尼的夏天快香港三小時，可以吃過早餐後才向香港的親友拜年。我們還是沒有依照一般的傳統，把房子佈置一番。不過趁機會多吃自家製作的年糕和蘿蔔糕，煮一些粥，就算是過節。早已經很少走到華人社區去了。那邊永遠那麼熱鬧，一天到晚滿是人，找一個泊車位要靠運氣。如果我們買東西，要把車子泊到一公里外，徒步前

往。這樣做便覺得費時失事。況且要買的東西也不很多，後來家居附近的購物商場裡也有一間華人雜貨店，裡面貨品頗算齊全，變成了最方便的選擇。

年幼時拜年的記憶所餘無幾。留在腦海裡的都是母親叫我和弟弟帶著利是和食物，到十戶八戶鄰居拜年，其實是簡單交換的節日的祝賀，然後帶著鄰居的手信回家。如此這般就是一個初一的上午。父親的一個結拜兄弟表叔總是在大清早來到，和父親閒聊一整天，不願走。他是沒有家室的人，過年親友放假在家，難得找同鄉談天說地。我們總嫌他煩，從不了解他孤身的滋味。後來才明白，即使煩厭，也是一年難得一次。後來一個國內來的同屋住客奪去了他的臨時房屋戶口，寄人籬下的人竟然變成屋主，上了樓。他反而變成不合資格的非法住客，可憐流落街頭。

如果時光倒流，我們或許可以對表叔好一點，減少內咎。嚐過人生百味才知道，過年絕對不是電影院裡，一齣只有歡樂的賀歲片。

2021.2.15

悉尼西部

○　○　○　○

　　澳洲的第一支預防新冠肺炎病毒的疫苗，二月二十一
日當天注射在一名住在安老院的老太太身上。八十四歲的
Jane Malysiak 出生波蘭，十三歲時來到澳洲，是第二次
世界大戰的倖存者，後來和丈夫經營一間小店維生。安然
度過戰亂那個悲傷的年代，不一定能夠克服肆虐全球的病
毒，老年人更是最大的受害者。數據顯示，七十歲以上是
其中高危的一群，其他的也包括剛剛完成了器官移植，正
在接受免疫抑制療法的人士。幸運兒 Jane Malysiak 如何
成為澳洲的第一人，完全是個謎。但可以理解，政府的訊
息是告訴大家，他們重視高危一族。不少感染肺炎死者，
都是住在老人院舍，由照顧他們的人傳播開來。這些照顧
老人起居的護士屬於臨時工，在幾間老人院輪班工作，
所以傳播得很快。去年五月 Caddens 區的 Newmarch
House 院舍，二十九名職員和三十七名老人感染病毒，結
果十六名年齡屆乎七十二歲到九十四歲的老人不幸死亡。

　　Jane Malysiak 接種疫苗的地點是悉尼西北的 Castle

Hill 區的一間診所，不是她住的院舍。悉尼西北都是新發展的社區，Caddens 位於西部，而 Castle Hill 位於西北，距離市中心三十公里，公路車程要一小時三十分鐘以上，除非乘坐新行走的輕鐵 Metro，免得塞車。認識一個朋友，坐移民監的時候就一家大小租居了在 Castle Hill 新開發區相連聯排屋的其中一間，中間牆壁共用，各自有獨立的空間。我探望過他，房子地下一層是客飯廳和廚房，樓上全是房間，主人房是套房。後院草坪小，只適合用作燒烤。這樣的房子在悉尼西很常見。為了節省成本，房子蓋得矮，窗子也特別小，因為大玻璃不便宜。有些房子的大門就正對著往上層的樓梯，打開門，玄關的空間小得可憐。樓底不高，房子即使有窗，大白天陽光照不進來，自然覺得太過暗黑了一些。這些地產發展商都是來自中東，買了一塊廉價空地，就學人做 builder 了。參觀過一間相連聯排屋，覺得樓底矮得不像話，我們已經不是高頭大馬，那些澳洲白人可能更加有壓迫感。地產經紀笑著說，發展商是阿富汗人。他們都住慣山洞，所以蓋了相近的房子。我們不知道他說的是否笑話，還是真相。不過新搬來住都是中國大陸人和越南人，身材確是較為矮小。

我們住過悉尼西部城市帕拉馬塔（Parramatta）南，有個朋友也住在附近，心想大家來自香港，可以有個照

應。這個小區的主要族裔是黎巴嫩和越南，中國大陸人也有不少，但香港人相信不多。關上門，根本不知道你是那個族裔。我們先是租了一個兩房單位，有個大露臺面向大草坪，景觀尚算開揚，草坪和小樓房之外是火車路軌，經常聽到火車經過的聲音，所以幻想著這是臺灣和日本電影中火車駛過小鎮的風光。但畢竟幻想和現實世界有一段距離，悉尼西部的小鎮更不是侯孝賢電影的場景。這區距離市中心太遠，駕車超過一小時，至於火車，也是經常高朋滿座。大家尚算斯文，那時叫 Cityrail 的鐵路公司尚沒有雇用人手把你推進車廂。胖子太多，本來坐三人的座椅根本只能容下兩人。

　　住了一年，生活尚算平靜，購買日常用品可以到大型商場，或者到三公里外的另一區買蔬果鮮肉。那時候真正體會多元文化是什麼回事。街上有越南人開的麵包店、中東人的烤肉店和唐人超市。大型商場有連鎖超市、美食廣場和電影院。靠近火車站旁有烤雞店、歡迎大眾入內吃喝玩樂的退伍軍人俱樂部和 Bing Lee 電器店。順帶一提，Bing Lee 的創辦人李冰就在附近的 Fairfield 區買下一間電器修理公司創業，後來由他的兒子發展成為售賣家庭電器專門店，陸續擴展到現今新州和首都領地的四十間，其中大多是特許經營的門市。Bing Lee 是可以議價的商

店。用現金支付，或者有其他店子的低價競爭，都可以跟店員商量。我們的三十二吋液晶電視，一千多澳元，就是在火車站附近的 Bing Lee 購買。如今這部只能播放 720p 影片質素的電視，十多年後還操作正常。原因不是 Panasonic 的品質，也不是 Bing Lee 的售後服務。這部放在廳中的電視，一星期最多播放三四小時，恐怕還可繼續使用十年。飯廳中的二十一吋電視，由香港帶過來，苟延殘喘。接收遙控的功能壞了，接駁到接收數碼電視頻道的盒子，居然繼續活下來。二十一吋的電視在今天實在小得不像話。有一回朋友和她的小女兒到訪，看到這部小電視機，竟然問她媽媽這是什麼，真的很意外。不過既然它已經過渡到了數碼年代，可能會活下去。

　　街上還有一間理髮店，可以解決我四週剪髮一次的煩惱。其中一個師傅是高大健碩的漢子，來自伊拉克，住在另一區，坐火車前來工作。他是少有細心的理髮師，不會匆匆忙忙。只是人多的時候要稍等，所以我總是星期六的早上等他開門。即使後來搬到附近的另外一個社區，也駛車回來光顧。到後來搬到更遠的社區，就不再回來了。新州政府一直希望把西部城市帕拉瑪塔一帶變成跟悉尼市中心一樣重要的社區，所以這裡的樓房蓋得愈來愈多，容納更多的人來到居住。甚至州政府特別設立了西悉尼部長，

目的不是很明顯嗎？

　　發展一個地方，道路、房屋和樓房等硬件，是資金的問題。州政府把錢多投放在悉尼西部，可謂毫無難度，甚至不理反對，把市中心的 Powerhouse Museum 整幢搬到一個經常河水泛濫的帕拉瑪塔河岸邊。看來運用現今科技，愚公移山不是奇蹟，河水泛濫也可以解決。問題是軟件、思維和文化。悉尼西部是一個多種族、多文化也多衝突的地方。黑幫份子互相撕殺不是新聞。上星期一個黑幫向仇家報復，子彈橫飛，竟然打中一間公立醫院二樓的護士。我們居住的期間，附近幾座大宅不時施放煙花慶祝，場面壯觀，無人會干涉。

　　文化不是一朝一夕，也不是換一批人就可以取而代之。年輕時讀殷海光的《中國文化的展望》，似懂非懂。只是記得他說過：「人間的一切想望，如果不放在一個理知的水平上，那末很可能大都是海市蜃樓。」但願悉尼西部不是如此。

2021.2.21
• • • • • • • • • • • • • • • • • • • •

悉
尼
西
部

臉書再見

○　○　○　○

　　二月十八日早上臉書突然停止了刊登澳洲的新聞，連帶也停止了一些聯邦及州政府的新聞網頁，一時之間大家都非常愕然，不過尚沒有爭相奔告這回事。社交媒體是日常生活中的一部分，像以前上茶樓吃點心看報一樣，你看著大人埋首在張開的報紙裡，自己只在吃東西，非常納悶。現在每人一手機可不同。大家手中的小小屏幕的互動世界，接收的資訊更即時，根本懶得和同桌的家人對話。至於在公共交通工具上，也看不到有人在讀報了。我們的社區，有一份專門報導區內消息的小報，以前有人把它送到信箱裡。區裡的節慶、體育活動、學校消息都看得到。找人修葺樹木、清理雨渠的碎葉和電工水喉匠，都得靠它，除非你有相熟的、可靠的。很多工匠都不願意花時間在交通上遠道來幫忙，找本地的還是迅速直接。現在這份薄薄的區報，還放在連鎖超市的出入口的小貨架上，任人取閱。悉尼的三份大英文報章，一向是鄰居史密夫婦的每日精神食糧。大清早五時多，有人會駕車經過，把用膠袋

封好的三份報紙丟在他門口的車路上。六時多史密夫先生施施然穿著睡袍走出來撿起報紙，可能還是有一份早餐時候讀報的習慣吧。

　　而我早已經決定什麼實體報紙也不看，不論中英文。印象中的繁體中文報章是二手新聞，頭條翻炒本地新聞，早一天已經在網上的各大媒體看過了。內裡的副刊和週末的小增刊大多是搬自香港的報章。我起初還是八卦一下娛樂新聞，不過這些所謂藝人的舉動，都是芝麻蒜皮和茶杯裡的風波，庸人自擾。離開香港漸久，甚至不知道誰歸誰，不看才真的是耳根清淨。放在華人超市門前的免費報紙和地產報，不看更沒有損失，帶回家結果又把它放進廢紙回收箱內。如果要購買樓房，地產報可能令你略知一二，但都不過是操廣東話和普通話的經紀推銷樓房的廣告。真正要搜索澳洲的房地產，不如到 real.estate.com.au 或 domain.com.au 的網站或手機程式，資料更詳盡，有些網頁甚有一段影片介紹房子的內外，非常貼心。你有興趣就可以按圖索驥，在房子開放參觀的時間到來看個飽。參觀房子是不少人週末的好去處。據說疫後澳洲各大城市的房地產再度升溫，已經超越疫前。看來是大家都害怕房地產漲價，紛紛趁早入市，結果造成了樓市熾熱。

　　本地的英文報章的整體版面縮小了，篇幅也薄薄的，

跟以前很不一樣。譬如週末的悉尼晨鋒報（The Sydney Morning Herald），以前除了主頁部分外，還有專題頁部分和一本雜誌。現在只看見一個主部分，到底是內容減少了？或是要到網站登入才看到更多的文章？悉尼晨鋒報的網站，其實有收費的部分。一般閱讀過了十多個版面後，便會出現版面變灰，需要你付費成為會員才能繼續無限瀏覽。是不是令人感到意外？不過只要你把網頁的瀏覽紀錄刪除，你也可以重新看十多頁。澳洲的其他網上媒體，相信都採用同樣的收費方式。不成為會員，就看不到文章的全部。你想看看新聞以外的資訊，例如名流私隱，或者專題報導，都要付費。

　　這樣的做法是否合理？讀者訂閱可能是部分報章部分的收入，最重要的當然是廣告。網站收費不是新事物，我常看的攝影網站 Luminous Landscape 也是收費，不過它只收取每年十二美元，作為多年的讀者，喜歡它的獨立評論，不多作器材分享。它的創辦人 Michael Reichmann 於二〇一六年離世，接任的是他的兒子 Josh Reichmann，保持同樣的風格。這個網站內容好，會費又便宜，當然樂於繼續支持。其他的免費瀏覽的流行攝影網站，貼文都是最新的器材發佈消息和分析，讀者踴躍支持是意料中事。這些網站得到相機公司借出器材測試，等

於幫忙做宣傳，吸引粉絲留意。這個免費的午餐是刻意安排的。免費午餐必定有代價，問題是多或少，或者你是否知道。

　　臉書和澳洲聯邦政府的交惡，始於澳洲草擬法案要求作為最大的社交媒體，轉貼澳洲的新聞消息的時候，必須付費。澳洲稅局發現二〇一九年中，許多大公司包括臉書和谷歌（Google），有超過七十億的年度收入，卻通過各種避稅方法，合理按年減少繳交稅款，政府當然怒不可遏。聽說蘋果公司也把公司設於海外，逃避利得稅。臉書聽聞聯邦政府動手，去年已經示警，表示會採取相應行動。近月來，谷歌本來首先發難，表示澳洲政府如果不罷手，他們就會截斷搜尋器中澳洲的內容。我們以為事情弄得更糟之際，不料谷歌已經和一個本地媒體簽署協議，付出費用，轉載新聞內容。臉書作為老大哥，要發下馬威，不用通知，便立即停止澳洲的政府和媒體的網頁。這個決定，癱瘓了許多依靠臉書發出緊急通知的部門，例如衛生署、鄉郊山火警報等等，也不讓正式的新聞媒體發佈消息。換言之，大家還可以看到非主流媒體的報導，但究竟這些網頁的新聞是否真確？臉書又憑什麼讓它們繼續運作？我們未必同意聯邦政府草擬中的法案，卻看到一個社交媒體的囂張拔扈，自把自為。我們使用臉書之前，雖然

已經同意了它的條款，但不等於它可以隻手遮天。

　　不少人知道臉書的私隱有問題，二〇一八年它承認把用戶的資料交給中國的某手機公司，協助他們發展手機的內容。我跟朋友在 Messenger 上說了些攝影話題，隨後朋友的帳戶上便出現了相機的廣告。巧合的是，朋友之中，不少已經開始遠離臉書。他們把所有資料逐一刪除，然後關閉帳戶。他們不常發表貼文，朋友間也不多用來聯絡，關閉了也不可惜。有些人轉往 Instagram 繼續貼文。諷刺的是，Instagram 和 WhatsApp 的母公司都是臉書。

　　離開臉書，難嗎？我還未關閉帳戶，只是再沒有以前那麼活躍了：沒有回應朋友的貼文，發佈的貼文也很少。你有沒有發現一天花在臉書的時間太多？現在我可以多拍幾張照片，多剪一段影片或者讀讀書。只因為我不想我的數碼足跡，被收集起來變成監控大家的大數據。

2021.2.28
● ● ● ● ● ● ● ● ● ● ● ● ● ● ● ● ● ●

珍妮對我說

○　○　○　○　○

　　大學開課了一星期，一切又彷彿重回軌道。二〇二〇年是奇怪的一年，教學在雲端舉行，老師和學生只在電腦上見面，如是這般過了十二個月。踏入二月底，準備開學，好久不見的人紛紛回來了。至於在校園該上班多少天，還沒有正式宣佈。我們部門的主管去年底說過，要一星期三天回來上班。這算是一個行政命令，大家就陸陸續續回來了。不過常則中總有例外。有些人在家上班的習慣，還得照舊。星期一和星期五當天，辦公室總是三三兩兩，從來沒有見過部門的所有同事。我大清早回來，只看見負責清潔的工人工作。他們從凌晨三時起工作到早上七時，四小時內清潔六樓層的所有課室、辦公室、走廊樓梯和洗手間。我泊好車，踏進地下的走廊，便看見一個女工正在清潔男女更衣室。距離七時還有十五分鐘，要把兩個更衣室弄得妥貼，非常勉強。我腦海中想像她可能要做得飛快，才能準時完成。有一次見她剛工作完畢，準備離開，好奇問她究竟要在四小時內負責清潔多少房間。原來

屈指一算，平均三十一秒要完成清潔一個小房間，過程包括傾倒小廢紙箱的垃圾，然後放回原位。我立刻聯想到差利卓別靈的電影《摩登時代》中，差利在輸送帶前不停工作的場面。這個女工只是臨時工，早上七時後她又跑到市中心一幢大廈做清潔。隨著疫情漸退，他們這些臨時工隨時會給辭退。

開課後，所有人都忙個不停。教師要預備網上和面對面的教學。我們這些支援的角色，都不得不隨之團團轉，沒有空間休息。那天午飯後抽空到主校園散步，竟然碰上迎新活動。校園的露天廣場搭起了帳篷，介紹不同的課外活動和學生的福利。往年人山人海，今年的參加者的數量，相信只及八成，但已經很不錯。看得出來，大家都很開心，社交疏離已經消失，大家興奮得擁抱碰碰臉頰，戴口罩的人只有三兩個。走著走著，竟然遇見了兩個在其他學系工作的同事，他們手上帶著不少免費的紀念品，好奇一看，有雨傘、香口膠、瓶裝飲料，竟然還有刮鬍子的刀片，真的出乎意料。看來各大廠商都趁這個機會，大力推廣自己的優良產品，希望這一屆入讀的大學生，都成為合作的伙伴。

澳洲人性格隨和，工作上容易成為伙伴。講求協作，大家把伙伴的關係帶到每一層面。同事之間，一般都直呼其名而不叫先生小姐。即使是系主任或者大教授，都歡迎

直呼其名，鮮有面露不悅之色。一般在開玩笑之時，才叫某某博士某某教授，大家也知道是戲言，欣言接受。想起以前在港，碰上一位剛取得博士的教育界人士，要下屬立刻改稱為他博士，否則就是不敬，大家豈敢不從。那時候博士得來不易，當然了解這種心態。想到當年學校舉辦家長日。班主任接見剛來自國內的家長，「主任」前「主任」後，份外得到尊重。甚至校務處的「書記」小姐們也另眼相看，果然令人眼界大開。來到這裡生活了一段日子，才了解到此地的文化，要隨俗才能活得自然。

認識尊卑貴賤，是中華文化的精髓所在。到來的海外學生，對任教的講師和導師，無論是導師級、講師級或副教授級，一律升格稱之為教授，立即打破了親疏之別，令人覺得特別受到尊重。有否增加了好感，不得而知，不過相信很少人會特別澄清，只會一笑置之。我雖不是教師，但有幾次得到如此的寵愛，只好跟隨大隊的做法，集中回應查詢，其他的不作表態。除此之外，部分學生也懂得送禮之道。不過現在很多學生已經明白，送禮不表示得到什麼好處。大學也有規定，得到超值的禮物，必須申報，起碼起了監督的作用。

我們提到妻子、丈夫，很少說 my wife, my husband，在同事之間都是直接說出名字。所以有時候聽到提及 John

或者 Mary，都是配偶的名字。有時候一個男同事提及一個男子的名，才意識到這是他的同性伴侶。最近澳洲現任總理的妻子珍妮·莫里森（Jenny Morrison）忽然變成新聞焦點，比丈夫斯科特·莫理森（Scott Morrison）更紅，大家才覺察到這位媲美前美國總統奧巴馬夫人米雪的紅顏。事緣坎培拉莊嚴的國會山莊傳出醜聞。執政自由黨的年輕前女職員布列塔尼·希金斯（Brittany Higgins）不久前打破沉默，公開指出她於二○一九年的一個晚上，遭男同事在上司的辦公室內性侵。當年她得不到支持，在前途和個人之間的抉擇下，選擇啞忍。兩年後離職沒多久，她接受九號電視臺訪問，大爆當年事情經過，提及當時上司國防部長琳達·雷諾茲（Linda Reynolds）不但沒有給予援手，背後罵她是 lying cow，還暗示她要息事寧人。媒體繼續追查，才發現除希金斯外，還有最少兩名受害人受到同一人性侵。雷諾茲辭退疑犯的原因是他觸犯保安條例，不是強姦同事。事情鬧大後，總理莫理森召開記者會，誓言要保障在國會山莊內的女職員在安全的環境下工作。

莫理森義正詞嚴，表示妻子珍妮昨夜坦言相告，如果受害者是自己的女兒又怎樣？莫理森有兩個寶貝女兒，相信都不會在如此危險的國會工作。不過好戲在後頭，數天

後新聞媒體又揭露一位現任內閣成員，十七歲時強姦了一個十六歲的女子。受害人多年申訴不果，去年離世前寫了三封信分別給總理和兩名議員。一星期後，律政司克里斯蒂安·波特（Christian Porter）含淚站出來，表示對指控一無所知。他相信警方會澄清一切。受害人既然已經魂歸天國，警方當然不能搜証，只好宣佈中止調查。但前總理譚保（Malcom Turnbull）說過她的死因也有疑點，需要開庭研訊。

但莫理森隨即支持不再舉行獨立調查，他認為警方已經做好他們的工作。諷刺的是，為什麼他不看信件的內容？因為大家很想知道，今次的醜聞，珍妮有沒有向他作出類似的忠告？

世道公義不存，令人憤怒。臺灣電影《同學麥娜絲》令我印象非常深刻。麥娜絲是主角學生時代的夢中情人，後來竟然變成了性工作者，令他夢幻破滅。最後一場，電影旁白說過如此無奈的話：「年輕時的我們，時常說到未來⋯⋯總是相信自己，身上有一雙翅膀，只要肯努力，一定可以展翅高飛，但過了四十歲，慢慢可以理解，原來我們其實只是一隻雞。」

2021.3.7
•••••••••••••••••

珍妮對我說

蓋新房子

○　　○　　○　　○

　　秋天靜悄悄到來。說靜悄悄，因為沒有想過三月已經過了一半。這個夏季一如所料，下雨的日子比不下雨的多，只要留在室內不出外，根本不知道氣候那麼炎熱。印象中熱得睡不著的，輾轉反側的晚上，只有一個。住在一幢沒有安裝冷氣的房子的我們，今年算是非常幸運，不必找藉口裝冷氣機。房子的上一手業主，本來在睡房裝上一部窗口式的冷氣機。搬進來時要翻新房子，為牆壁塗上新漆，見冷氣機已經是老爺級，留下來用不了多久，就乾脆把它拆除，把原來的洞封好便算了。結果過了一年又一年，想過要裝冷氣機，但總是覺得一年只有短短幾十天用得著，就省下這筆錢好了。這條小街上，十多年來，左鄰右里換了三四戶人家，根本不知道他們是誰，門前有幅小草坪，也不知道有沒有裝上冷氣機。我一直以為鄰居史密夫夫婦的房子沒有冷氣。有次聖誕節前拜訪他們，按了門鈴，史密夫太太緩緩出來應門，裡頭黑暗得很，但一陣寒風吹出來，才知道他們早已裝了冷氣。難怪史密夫先生很少走出來，打理前後院了。

　　一般人購買房子，先裝修好才入住，理所當然。但住上一

段時間才把整幢房子推倒重來的，街上只有一間。這幢房子位於小街和另條死巷的轉角。這裡死巷通常叫作 cul de sac。有不少人喜歡選擇死巷裡的房子，因為走進來的，不是住戶，就是訪客，理論上什麼人跑進來，在死巷口坐在露臺上整天的老婦人一定一清二楚，甚至立刻通報其他鄰居。有個朋友找到了在另一區小雙層別墅社區中的一幢，歡喜得不得了，原因只是在社區近入口的一幢房子，住了一對年老夫婦。兩人從早到晚，大部分時間都坐在二樓睡房外的露臺曬太陽。出入社區的人跟他們打招呼，他們非常興高采烈回應。陌生人到來，他們也很留意，差不多變成了整個社區的看更，誰家吵架、誰家買了新家電、誰家有親戚暫住，也逃不出他們的法眼。有段時間朋友回港工作，本來很擔心妻子和兩小在家的安危，但有了這對義務保安，心情輕鬆了一大半。

澳洲購買房子，買的是土地和土地上的物業。除非房子已經破落失修，不能入往，否則很少整幢拆下來。不過如果價錢很便宜，買了下來再重新蓋一間自己中意的房子，也不算有什麼問題。有一段時間，海外朋友到悉尼，行程之一就是帶他們參觀示範房屋。這些示範房子位於偏遠的悉尼西北，由十多個建築商購下一大幅地皮，然後建造他們的示範單位。你駕車到來，就像走進一個新蓋的社區，裡面什麼款式的房子都有，有單層、雙層或豪宅，價錢由蓋房子的基本外觀算起，加上自己選擇的物料計

算。由於示範單位遠離市中心差不多有五十公里，土地加物業合起來，價錢合理。從香港搬過來，空間多了兩三倍，房價只及香港的一半。大家看到大大的一幢新房子，其實都很喜歡。不過熱情冷卻，就要考慮許多生活上的問題。許多人想到交通，就打了退堂鼓。

不買這些偏遠新房子，你可以請設計示範房子的建築商為你建造心中的城堡。有個朋友住在附近，回家不時經過我住這小街，兩年前有天看到轉角的這幢單層房子蓋了圍欄重建，沒多久就貼上了未來房子的模樣。他說這個建築商有點名氣，新房子外觀設計也不俗。其實通常推倒房子不過數天，蓋新房子卻要許久。原本的房子不算破落，但車庫擺放了許多雜物，車子永遠停泊在車庫前。窗子沒有遮擋陽光的布簾，只用幾張紙覆蓋著。唯一經常打理是草坪，偶爾見一個男人推著刈草機來來回回，算是弄得企理。有幾回還看到幾隻野兔在草地上奔跳。不過後來開始蓋房子，兔子就不見了，可能地盆挖土破壞了牠們的棲息之所。我們奇怪他們先住上了一段日子，才考慮蓋新房子。不少人因為資金不足，要等到好幾年才能動工。

看著房子蓋起來，其實很有趣。這幢房子採用了磚板設計，外牆是水泥磚，內裡牆壁全是木板。兩層的房子樓上樓下相隔的是木板，算是一個減低成本的設計。它的外牆再塗上水泥噴上顏色，結果變成一幢美侖美奐的新房子。房子完成後，門前草坪

還是光禿禿沙泥一片，沒有窗簾，進屋的小徑也欠奉，但看來屋主已經急不及待，搬回去住了。最近朋友經過，告訴我房子蓋得不錯，如果他要蓋房子，也可能找這個建築商。我說房子只是完成了九成啊。他認為屋主的預算並不包括草坪。所以解釋了他們等了那麼久才拆卸重建，現在蓋好了又要等儲蓄足夠的錢才鋪草坪。這樣的情況並非不常見。

想起十多年前我們搬進現在的房子。朋友介紹了一個建築商，大家談妥了，就開始了工作，沒有理會細節。這個建築商來自香港，大家說廣東話，容易溝通。其實他是個 Project Manager ，負責安排各種的技工按時到來。有時候安排欠妥善，有一天沒有人來工作，有一天幾項工程又同時進行。至於他，有時等不到技工來，就親自出馬。依照我們的經驗，不到來督工是不行的。技工只是按照指示，自己看到他們做錯了，更可即時更正，以免影響進度。不是有了一個建築商，就可以萬事放心。後來才知道，自己也可以考取執照做個 builder。看電視節目「Grand Design」，許多人都自己做 builder。建造心中的居所，有何不可？設計一幢喜歡的全新房子，簡單的只要買一塊土地就夠了。

零利率迫使許多人考慮置業，不再付出租金。最近數星期悉尼的樓市又瘋狂起來，房屋拍賣成功率創新高，價格攀至另一高峰，即使這樣，大家還是繼續追夢。這小街上一間數月前售出

的房子，今天拍賣可能升值多四五十萬澳元。沒有外來的投資，本土的買家依然停不下來，為自己和家人找個理想家園。每日下班時，大家口中説 see you tomorrow 之餘，想的都是 home sweet home。

這個 sweet home，其實並非一定是昂貴的大房子。一個細小、整潔、自己經濟能力負擔得起的大廈單位，同樣會令人住得舒適吧。

2021.3.15
•••••••••••••••••••••

外 賣 速 遞

○　　○　　○　　○

　　Uber 在悉尼大行其道，同事出外，叫 Uber 比的士還多。我們以往常使用的 Cabcharge 的士代用券，好像都已經停用了。同事間提及的校園消息裡，曾經報導過容許使用 Uber 作為與的士共存的交通工具，可能現在已經確實執行了。疫情持續下，過去間或外出到受訪者的辦公室的拍攝工作，也很久沒有這樣做。大家總是對受訪者說，不如來到校園的錄影室吧，我們有足夠的預防措施，口罩、潔手液一應俱全。不過可能那些企業的高層，也像許多的同事一樣，愛上了在家工作，不大願意回到市中心來了。但每天的規律逐漸回復正常，繁忙時段的火車巴士上，上班族也依舊得擠在車廂，準時回到辦公室。通往市中心的主要道路又擠塞起來，Uber 和的士的生意，也應該慢慢恢復正常了。的士的外觀有特別的式樣，Uber 司機卻懂得在尾窗的玻璃上，張貼了一張寫上 Uber 字樣的白紙，好讓人認得他們不是普通的私家車。有一回在酒店門前看見一輛 Uber 的休閒車載了客人到來，司機立刻跳下車幫忙卸下行李，特別殷勤。不過我遇過不少的悉尼的士司機，公司的車隊要求穿著制服結領帶，協助

乘客搬動行李上車下車，也一樣非常有禮貌。

　　Uber 流行，隨之而來的 Uber Eats 也受大家歡迎。沒有 Uber Eats 之前，大家的午餐是自攜三文治、沙律或意粉，或到附近的餐廳用膳。工作大樓地下有一間小咖啡館，除了提供一般餅食外，午間時還提供簡單快餐，例如炒意粉、魚柳飯和麻婆豆腐飯等等。有次同事買了一盒魚柳飯回來，打開給我一看，薄薄的盒子上只有三塊魚柳和兩條青菜，盛惠十一澳元。這些大概是海外運來的急凍魚柳叫 Basa，是一種常見於東南亞河流的魚類，飼養容易，魚骨也少。魚肉蛋白質豐富，少卡路里，比紅肉健康。但問題是飼養 Basa 的方法和河水。沿河的工廠可能釋放許多有害的重金屬物質，飼養魚的人也會用特別的飼料令牠們快高長大。聽過一個養殖過這些魚類的朋友說，他自己永遠不吃這些魚，因為要令魚類減少死亡的其中一個辦法，就是在水中放入大量抗生素，令牠們健康生長。想起來為了增加利潤，大家就可以無法無天、不顧後果了。而且許多發展中的國家，並沒有一套完整的管制措施，防止濫用藥物。魚吃了藥，我們又吃下魚，到頭來，以為吃得健康，原來是等於慢性自殺。這些想不到的因果關係，不必用宗教那一套解釋，也明顯不過了。

　　同事吃了幾次咖啡館的快餐，滿不是味兒，轉而使用手機，用一個跟 Uber Eats 類似的程式送食物過來。那天看到她叫了一個韓式炸雞和一杯飲料，加速遞費五元，只是二十二澳元。看見

她得意的樣子，証明這些網上餐廳的外賣生意非常成功，完全滿足到喜歡隨意選擇食物的一代。我依樣葫蘆，上網一看，先鍵入地址，馬上顯示各式各樣的食物，有優惠區、小食、越南菜、中菜、泰菜、瘦身食品和快餐等等，送貨費用一般為八點九九澳元，等待時間大概是三十五到四十五分鐘左右。我住的地方要步行十分鐘才到火車站購物區，悉尼隨處可見的 Domino's 意大利薄餅，也在那裡。如果訂購它們的食物超過三十五澳元，送貨的三點九五澳元費用將不用支付，即是鼓勵你多點消費。

其實 Domino's 的手機程式早已經跟 Uber Eats 差不多方便。有一次郊遊返家，心想先預訂，回家途中順道取薄餅不是很方便嗎？於是在手機程式上選擇了薄餅，付了費，然後按下訂購按鈕。程式問我何時取貨，我想不如待我的車子靠近店子時取，剛焗好的薄餅會更香更新鮮好味。誰料原來這個程式一直讀取我的手機所在位置，知道我的車子逐漸靠近，才開始處理我的訂單，所以一踏進店裡，他們早知道是我前來。後來仔細一想，容許程式偵察我的位置，其實是暴露了自己的私隱。假使有人細心研究，就知道你的日常生活習慣：何時在家，何時出門。這些資料就會融入大數據。我們常常遇到免費的程式，給你自由使用，其實就是大家口中常問的 What's the catch？俗語説「邊有隻蛤嗎隨街跳」，就是這個意思。

Uber Eats 之外，Deliveroo、Menulog 和 Hungry Panda

等的跨國大企業也相繼加入競爭。這些程式連結了許多餐廳食肆，給大家選擇食物，再計算送貨人的酬勞。在疫症橫行的初期，州政府不容許客人在店內吃東西，餐廳東主只好轉作外賣，才可能維持生計，許多店子也加入這些食物速遞程式。Uber Eats 成立初期，食物的供應不是來自實際餐廳，而是所謂的 dark kitchen。它們可能都位於同一個地方，收到訂單，馬上由廚房製作，所以可以在短時間內把食物選到顧客手中。市中心的需求較多，所以送貨人可以踏單車或騎電單車集中送貨。發展到現在，食物速遞已經遍及悉尼的許多社區。

這些食物速遞員，等於以前香港的屋邨外賣送貨。二○二○年底的短短兩個月內，悉尼有五名速遞員在交通意外中死亡，引起了大家的關注。澳洲廣播公司報導州政府成立的國會聆訊中，有個証人出席作供，大家才知道他們一天工作十二小時，得到的工資是一百五十至二百澳元，遠低於法定最低時薪的十九點八四澳元。牽涉其中的一間公司叫 Hungry Panda 的一名員工，指公司發出新指引，每宗速遞的酬金由九澳元降為三澳元。他帶頭抗議低薪，立即被阻止使用程式，換言之就是變相解僱。

速遞員在路上的交通意外，不幸地部分由於他們爭取時間，在車輛間左穿右插，不顧及安全造成的。但酬金這麼少，一家老少在中國大陸，不拼老命不成吧？更可怕的是有些速遞公司和你不是建立正常僱主僱員關係，而是 contractor。作為承辦

商，你必須自己買保險，為自己的路上安全負責。去年 Hungry
Panda 的一個速遞員與巴士相撞死亡，僱主竟然不向州政府的
SafeWork 部門申報。Hungry Panda 於二〇一六年在英國成
立，二〇一九年進軍悉尼。這些跨國企業的經營文化中，如果沒
有良心和操守，跟以前那些黑心涼薄的僱主，又有什麼分別呢？

2021.3.22
••••••••••••••••••••

大 水 災

○　○　○

　　哥倫比亞作家加夫列爾‧加西亞‧馬爾克斯的代表作《百年孤寂》裡說到小鎮馬貢多連續下了四年十一個月零兩天的雨。最後雨霽天晴，大家穿著節日的盛裝，走出來露出笑臉歡呼作樂。我閱讀的上海譯文出版社的這個譯本，出版於一九八四年八月，據說不是加西亞‧馬爾克斯西班牙原作出版社的授權，那時候可能是普通不過的事情。其後臺灣楊耐冬和宋碧雲的譯本是否得到授權，我手頭上沒有這些書，不能核對。但上海譯文出版社的版本是根據西班牙原文直接翻譯過來，文筆流暢，並不像一般詰屈聱牙的直譯。加西亞‧馬爾克斯一九八二年得了諾貝爾文學獎，聲名大噪，出版社才把一九六七年出版的《百年孤寂》全譯本出版。根據維基百科的條目，一九九〇年他應黑澤明邀請赴日，在北京短暫停留時他與中國作家會面，對眾人半怒半笑說中國盜印了他的書。錢鍾書當時在座，頓時沉默不語。大學者當然明白這絕不是開玩笑。結果加西亞‧馬爾克斯結束中國之行時表示，死後一百五十年都不授權中國出版他的作品。中國大陸畢竟是個大市場，二〇一〇年北京「新經典文化」終於得到授權，正式出版

《百年孤寂》，恩怨一筆勾銷。

　　小鎮馬貢多連續下雨，是象徵性的敘事，小說容許思想上窮碧落下黃泉，任我飛翔，那有什麼限制？現實生活中如果雨下個不停，倒是一件可大可小的事情。一年前新南威爾士州山火肆虐數月，大家慘痛的回憶還未淡忘，接著來了一年多新冠肺炎瘟疫，死了近千人，大家給折騰得死去活來，一如一場浩劫，比加西亞·馬爾克斯的小說內容更魔幻。小時候大家常說一百歲唔死都有新聞，以為是講笑，現在不用一百歲，已經有許多令人拍案叫絕的訊息。所以看電視新聞提及許多天災，都慣常說這災難是once in 100 years，或者誇張的說 ever never，豈不就是一百歲唔死都有新聞的意思？不過一世紀太久，只爭朝夕。我們上世紀六十年代出生的一群，幸運地出生於戰後，大家應該汲取戰爭的教訓；也一直相信，以為平平安安，日出日落，便渡過此生，不會碰到戰亂。誰料這數年間的事情，教人沒有理由相信生命中沒有起落，世界始終如一，幸福必然。接近一星期連綿的雨下得多無奈，到了這幾天才好轉。如果山林大火肆虐之時，來一場如此的豪雨，就不致令那麼多人失去家園。

　　幸好我們有一個氣象局，一星期前已經預測，一個由西到東橫跨數州的雨帶將會帶來連續七天的豪雨，受影響的區域由昆士蘭州的邊界以南的中部海岸（Central Coasts）到悉尼的南部。悉尼三月的平均雨量是一百三十二毫米，但我們在這期間錄得

二百毫米，有些區域錄得四百毫米。雨量最大的星期四、六、日及一，大地一遍愁雲慘霧。星期四的上午我從辦公室外望，市中心僅高三百零五米的悉尼塔隱沒在雨霧裡，近在咫尺的幾幢樓房也失去了陽光下的色彩，從早到晚都是一遍灰。隔壁的會議室最不幸，下了一天雨後開始滲水。雨水從天花板近玻璃窗那端流下來，到下午時候，預期的會議也取消了。我走進去，才發現有人在窗邊擺放了廢紙箱和玻璃水杯盛水，不過雨水太多了，杯子載不了那麼多落下的水滴，結果沿玻璃的那端的地毯也濕透了。一座落成六年的大樓竟然有如此的滲漏，的確令人奇怪。我見滲漏得不像話，告訴校園的基礎設施部門，希望他們能夠派人處理。但雨得綿密，即使要維修，也要等天氣好轉才可以。

朋友搬進兩層高的新獨立屋。我們問他有沒有受雨水影響？他說有部分地方滲入雨水。新房子的 defects and liability period（瑕疵及責任期）原來只有十三星期。即是說，屋主要在這段時期檢查，及時向承建商投訴才會獲得處理。最難於檢測之一是房子的雨水防漏。來了這場豪雨，雖然發現有滲漏的地方，總比保養期過後才知道的好。像他的新房子，空間大，設計也新穎。屋子的天臺邊沿往往是最弱的一環。我們工作地方的會議室，其實已經不是第一次滲漏，可能以往雨量少，情況沒有那麼壞。但同事叫我看另一端的牆壁，原來滲漏的痕跡還在。即是說大家都沒有為這場豪雨作好準備，只靠作事後補救。

悉尼地區的東部是太平洋，河流疏導水流由西部向東流入海。這場豪雨令三十道河的水位暴漲。其中接連 Windsor 小鎮南北的新橋，本來是為了舊橋以往給洪水淹沒而建造的，可是仍然敵不過大自然的力量，在這次的災難中又給水位高達十三公尺的洪水淹沒，車輛無法通行。悉尼西部的大平原是霍克斯伯里河（Hawkesbury River）流域。一九六一年河水泛濫，洪水上升到十四點五公尺。所以大家心目中掛在口邊的百年一遇的水災，可能要改寫了。

為什麼平原會被水淹？河水暴漲當然是其中一個成因。另外是因為這個平原像一個浴缸。平日水流緩慢，疏導及時。今次短時間內雨量太多，而且悉尼西部也有太多新建設。以往雨水可以給樹木和泥土吸收，現在要靠建築物的去水系統疏導。加上附近的儲水庫 Warangal Dam 存水飽和，需要洩洪保障水壩安全。結果無數房屋淹沒。新聞所見，一對新婚夫婦入伙一週的新居給大水沖得載浮載沉，頓時一無所有。

本來慶幸大水災中無人死亡，誰料洪水退卻之際，才發現一個二十五歲的巴基斯坦藉的男子上班途中在 Windsor 附近遇害。第一天上班的他駕駛租來的私家車困在水淹的路上，危急之際致電求救，等了四十分鐘後訊號中斷，事後救援人員發現他和車子早已給洪水淹沒。但沒有人知道在滂沱大雨中為什麼他會駕進一條封閉了的道路。

我們的房子距離災區三十五公里，洪水湧不到，只有後院的楓樹頂的枝椏無聲息的掉了下來，要靠鄰居幫忙才把粗壯的枝幹削為短短的幾截。雨後放晴，又是新一天，生活就是這樣。不期然想起電影《亂世佳人》結尾，慧雲李飾演的女主角 Scarlett O' Hara 説過這句：「After all......tomorrow is another day。」

2021.3.28

秋去冬來

○　○　○　○

　　為期約六個月的夏令時間終於在復活節的星期日凌晨結束了。正確來説，應該是踏進凌晨三時正那一刻，我們把時鐘撥慢一小時。我們是指新南威爾士州、維多利亞州、南澳州、首都領地和塔斯馬尼亞州。新州原本快香港三小時，現在變回兩小時，比倫敦時間快了十小時。我們叫夏令時間做 Australian Eastern Daylight Time，簡稱為 AEST，Eastern 當然泛指澳洲東岸的州。南澳州參加了這個夏令時區，但它的位置不在澳洲大陸的東面，而是南部，維州以西。本來是比東部慢一小時，後來受商會的壓力，改為慢三十分鐘，大概是妥協的藝術。至於東岸北端的昆士蘭州，可説是別樹一格，一年到晚維持同樣的時區，不加入夏令時間，也距離倫敦十小時。夏令時間結束了，再會炎夏，就和新州一樣，逐漸由秋入冬。Daylight Time 其實是 Daylight saving，夏天日照時間長，最長是十二小時，晚上八時才入黑。有一回在昆士蘭州的黃金海岸，早上七時出外，竟然陽光燦爛，太陽早已高升在半空。在海邊散步，幼沙泛黃，沙灘沿岸伸展開去，差不多看不見盡頭，怪不得稱為黃金海岸。香港也有個黃金

海岸，主要是個私人屋苑和遊艇會，規模當然不能跟昆士蘭州的相比。屋苑旁邊有一個沙灘和酒店，給大家暢泳渡假，帶一點美麗的幻想，不用飛到南半球那麼遙遠。

夏令時間是大戰的產物，主要提醒居民儘量使用日照時間，節省能源。不過多年來已經適應了夏令和正常兩個時令，反而沒有帶來什麼不便。電視的新聞會在節目結尾，溫馨的提一提睡前撥慢一小時。大家使用慣了的手提電話，都會自動更新時間。到你一覺醒來，時鐘早已較正過來。我還有簡單不過的電子時鐘，要逐一調校。這些的電子小鬧鐘，是 IKEA 產品，四四方方、白色的，只需要一顆 AA 電池，沒有秒針，卻有兩個按鈕，一個是調校時間，一個是設定響鬧。家裡的不同房間，都擺放了一個。到了改時間的那個晚上睡前，就要動手逐個撥快或撥慢，結果它們的時間都從來不一樣。老實說，設計這個小鬧鐘的人，一定沒有把準時這個想法放在首位。這麼小的鐘面，又沒有秒針，撥動一下分針，都不知道是否就是落在那個時間。除了乘坐火車巴士要準時，我想不到日常生活裡，還有什麼地方需要一個準確的時間。即使是火車時間表，也是一個參考，悉尼的火車也是偶有誤點的。現在少聽到，是否表示已經改善過來？巴士大多準時，所以有時候你會看見有人坐在巴士站內安靜候車。你也許會登上一輛早來的巴士，停在巴士站好久，等時間到了才開走。

我戴的是運動手錶。它的作用當然不只是計時。因為是連

接智能手機，所以它的時間應該是最準確。除此之外，它還會計算脈搏、顯示步數和距離。連結手機程式的時候，還可以根據衛星定位，讀取你步行或跑過的路徑和地勢，製造一個地圖給你在社交媒體分享。這樣的腕錶，根本就是個人的健康助手，紀錄你的行蹤和身體的健康訊息。蘋果智能手錶（Apple Watch）更可以偵測出你跌倒，提示你作出求救。說不定有一天所有手錶的功能，都朝向偵測身體狀況那個方向發展，功能就不只是計時了。不過這些手錶都要依靠電池或充電，蘋果手錶更要兩天充電一次，只有某些昂貴的有太陽能充電功能，免除煩惱。所以倒有些懷念那些動能的傳統行針的手錶。不過我戴過的一只太重，手腕出了汗就給弄得很不舒服。手腕上沒有錶，像沒有任何束縛，其實最舒服。

　　一些健康訊息的網站提議每人最少一天要走一萬步。怎樣計算才好？那麼不能不靠運動腕錶吧。每日要走一萬步不難。如果我上下班乘坐公共交通工具，差不多走了八千多步，目標豈不是容易達到？假使駕車上班，就要另外找時間了，例如午餐後在附近走走，走樓梯不乘升降機等等，起碼不是永遠坐在椅子上對著電腦螢幕。這每天一萬步就消耗了每週二千到三千五百卡路里，等於把身上的脂肪逐漸去掉。但究竟為什麼普遍說要一萬步，不是八千，也不是萬二？原來據說這一萬步的標準來自一個一九六五年日本出售的計步器，名稱正是叫「萬步」。每一步都

有一個距離，一般二千步就等於一英里，時間約三十分鐘。無論如何，許多研究都指出，每日走一萬步，等於每天運動兩小時，對健康大有好處。我有個退休的朋友每天堅持走七千步，原來是苦心維持自己的良好健康狀況。

現在大家都講究身心健康，重視同事間的 well-being，不能只說不做，所以去年大家提議組隊參加一個全球的計步比賽。這個比賽的參賽隊伍可以加入所屬工作機構，再和其他全球的機構競賽。我們的報名費由大學贊助。如果沒有計步器，大會更免費贈送你一隻。計步由計步器提供，其他運動也可以轉換成為步數，自己每天在手機程式匯報一次，七人一組合作計算總步數。原來同事們的運動量非常厲害。除散步外，有人游泳，有人做瑜伽，有人打拳，結果有人每日所有運動合起來高達四萬步，令我目瞪口呆。同事事後對我說，那個免費的計步器出了問題，他的刷牙動作也計算在內，每日紀錄約多了一千步，間接幫助他爭取好成績。後來發現大學設有獎勵，難怪不少人如此積極和認真。

大學裡有幾個健身中心，付出會費，可以租用場地打球、健身和游泳。高峰時段在日間，原來許多同事不時走去做運動，成為了上班時的必要的一個工作習慣。我家附近也有一個 YMCA 的健身中心，外面有個公眾的人造草運動場和籃球場。週末早上你可以看見許多人都在草地上跑步和閒步，有人打板球或踢足球。瘟疫逐漸過去，做運動的人已經再沒有戴上口罩，可以直接

呼吸新鮮的空氣。大水災過後，藍天白雲再來，天氣好得令人感動。只是早上的微寒叫你聽見秋天的腳步，冬日也將至。這樣的日子一直持續到十月三日那天，夏令時間會再來。

2021.4.5

老去

○   ○

皇夫菲臘親王剛去世了，如果上帝容許他活到今年六月十日，就剛好一百歲。九十九歲的年紀，以今天的男性平均壽命七十六歲來說，算享高壽了。今年一月他和女皇伊莉沙白二世接受了新冠疫苗注射，二月中進入了醫院，據說是預防性的安排，及後報導說是接受了一個心臟的手術，然後三月十六日出院回家。這次皇室沒有公佈詳細死因，只說是安詳地在溫莎堡的家逝世。想起來，所謂預防性安排進院，也可能診斷出一個不能治癒的病。人老了，身體機能像不斷運轉中的機器，效能逐漸欠佳，即使能夠動手術更換器官，醫生亦可能建議不動手術為佳，因為有風險和排斥，可能得出反效果。到了那個時候，你知道餘下日子不多。趁頭腦清醒之際，選擇回到家中，在熟悉的環境中和至愛的人陪伴在側離開人間，就是個最後的心願。

此地在家中逝世並非不常見。有一次到訪一幢出售的房子，經紀帶領我們參觀四周，到了起居室，指著一張舊沙發，說屋主老人家生前愛坐在那裡看電視。我的腦海裡馬上湧現一個行動緩慢的老人，心底便有些發毛，連帶覺得房子也有些怪怪的。現在

回想起來，年紀一把的我有一天也會衰老，所以那種想法的確幼稚。你不妨看看菲臘親王年輕和年老的照片，就知道歲月催人的意思。臉書也有許多人把明星偶像的由小時候到老的硬照，製作一齣數十秒濃縮一生的短片分享，果然有令人驚嘆的效果，不由你不相信照片的力量。莊子說過的白駒過隙，提到時間瞬間流逝，原來絕對不是開玩笑。

　　我的外婆享壽一百零二歲，是村中少有的高齡長者。那年回鄉探望她，走到她住的兩層高的平房前面，母親呼喚了幾遍，才看到一個由房子地下黑暗的一角走出來的身影。她個子矮小，背脊微彎，記性已經不太好，好不容易認出母親。大部分獨住的她，偶爾有人來幫忙她的起居，打理大小事務。鄉間只餘下幾個堂兄弟，母親趁著回鄉之便，把些現金交給他們，好讓他們能夠有空探望一下外婆。如此這般見了幾個不同的兄弟。到後來堂兄帶我們參觀了祖父住過的房子。房子丟空了，看得出來多年沒有修葺過。小小的房子卻有一個露天的空間，旁邊的橫樑上掛上幾個大字，雕漆已經剝落了。父親說過祖父算是個讀書人，大清皇帝賜了幾個牌匾，說不定就是指這些東西。父親排第四，兄弟姊妹有七人，這間房子的契約好像平均分別交託在七人的手中。根據鄉鎮的法例，沒有契約或同意書，就不能把房子重建發展。這次回鄉，促成的或許是父親那邊的堂兄弟，外婆早已不聽不聞，母親是唯一的長者，只要她同意重建，祖屋的事大有可為。

老
去

不過父親生前偶爾提過，鄉間的伯父生前，在鼓吹叛逆的火紅大時代，為了表示思想進步，曾經對祖父很不客氣，包括強迫他吃糞，又把家中的字畫盡數燒毀，所以父親氣在心裡。母親那次回鄉，目的是趁她能夠走動的時候，多看一次外婆，了卻心願。多年來外婆住在巷子裡的小房子，如果不是因為祖屋的問題，可能更加沒有人理會。到了外婆去世，堂兄弟舊事重提，母親悻悻然對他們説，父親已經把契約帶進地府了。沒有了父親那一份，其他的兄弟姊妹早已不再人間，於是重建一事不再提起。聰明的堂兄弟把心一橫，頭腦靈活，把祖屋改動成為 AirBnB，據説在我們的鄉間別有一番風味，生意不俗。近年母親身體健康狀況尚算平穩，但記性大不如前，連我們的名字也只有隱隱約約的想起，當然沒有動力可以再回鄉一趟。即使能夠走動，但外婆不在，相信母親也不會回鄉了。況且她根本不能自己走動。日常的她活在自己的幻想當中，偶然記得起一些事情，有時根本説不出每天探望她的是誰。唯一知道的是陪伴她身邊的印傭。這個印傭説母親現在像個嬰兒，時哭時笑，愛吃東西和唱歌。叫她高歌一曲，她總是唱「一葉輕舟去，人隔萬重山⋯⋯」。她恐怕不知道，瘟疫肆虐年多，許多人真的相隔兩地。照顧她的印傭不能回家，只能靠手機的視像和家人通話。

　　記憶力衰退，就是年老的特徵。我説過有個朋友的父親生前行醫多年，晚年要人照顧，但總覺得醫護人員的指示很不對勁，

所以常常有許多意見。到了記憶力減退要住進老人院，朋友不時接到她父親的來電，說他正在新加坡醫治病人，生活得很充實，叫她不用掛心。朋友知道父親的記憶只保留年輕的部分，那時候他曾在新加坡行醫過。這樣持續了數個月，她的父親終於撒手人寰。離世前的一段日子，老人的腦筋特別靈活起來，和她有一段快樂的時光相處。

聯邦政府的一份國會報告指出，二〇一六年時六十五歲的澳洲人有三百七十萬人，八十五歲或以上有四十八萬人。十年後，六十五歲的人將會上升到五百萬人；二〇五五年人數會達到總人口的四分之一。老人護理將是一個迫切需要解決的問題。去年許多老人死於新冠肺炎，原因之一是來不及把他們送到醫院。老人院裡沒有隔離病房，一旦爆發瘟疫，根本沒有辦法迅速處理。此外，聯邦政府成立的皇家調查委員會中，許多老人院的管理水平不及格，即使付出了昂貴的費用，不少老人仍然受到身心虐待。新聞媒體把錄影播放出來，情況令人髮指。政府到如今也沒有正視報告，問題仍然持續。

最近看到一齣黑色電影 *I Care a Lot*，說的是 Rosemund Pike 飾演的 Maria Grayson 利用司法漏洞，把獨居老人送入與她有連繫的老人院，把他們與外界隔絕。之後自己和助手奪去老人財產的管理權，變賣他們的財產。正當生意愈來愈好之際，有次卻誤把黑幫大佬的母親送入了老人院。黑幫大佬窮追不捨，

老去

最後兩人結為伙伴繼續行騙下去。電影雖然有點天馬行空，但道出了老人院的某些境況。當你步入晚年，老伴離去了，照顧自己不來，老人院是否就是人生最後的一個場景？

2021.4.5

長夜漫漫

○　○　○　○

　　去年三月二十日，澳洲正式封關，非居民不得進來。居民回來，在酒店隔離的時候，接受檢測有否帶有新冠狀肺炎病毒。新州最新的個案中，三個家庭成員在悉尼市中心酒店隔離期間，從另一個四人家庭感染了病毒。他們從不同的地方回來，先後入住在七樓靠近的房間。專家對傳播的途徑摸不著頭腦。瘟疫初期，停泊在悉尼的郵輪 Ruby Princess 上的二千七百名乘客，四百四十人身上的病毒，相信就是通過空調系統傳播開來，最終五人死亡。這次在酒店發現病毒傳播，州政府立刻不敢怠慢，希望找到傳播的途徑。這年多在病毒折騰之下，經濟元氣大傷。使出的板斧是嚴格限制回來的人數，入境後又要十四日酒店隔離。至於本地的社區感染，已經零個案多日。州政府從每天收集各社區污水進行化驗，檢查排洩物的病毒成份，幸運地多日沒有什麼發現。換句話說，病毒從社區消失了。

　　本來這是個封閉不了的世界。但澳洲的地理環境獨特，這個七百六十九萬平方公里的大洲，沒有飛機和海上運輸，根本就不能進來。但國際貨運大致上恢復了。前些日子把書寄到美國紐

約，竟然只需要一星期，加拿大的溫哥華和多倫多，反而分別要兩至三星期。証明除了要碰上最準確的截郵日期外，可能靠運氣。也許因為澳洲和美國真有些特別友好的關係，連帶郵遞也特別順暢。我們的總理莫理森上任之初，就師從特朗普，尤其是説話方式和行事作風。特別是喜歡每日頻頻見報，成為媒體的焦點。去三月二十五日成立的新冠肺炎病毒協作委員，就是他的抗疫指揮中心。

一年下來，指揮中心的角色到底如何？各州的抗疫，都像是由州政府領導，大家各有對策，聯邦政府的角色好像沒有了。州政府的封關和抗疫措施，都是各自為政。悉尼是國際交通樞紐，居民乘飛機回來的酒店隔離由新州政府安排，這畢龐大的費用究竟應否由其他州攤分，曾經成為一個爭論不休的話題。加上州政府由不同的政黨執政，如果和聯邦政府同是自由和民族黨聯盟，執行理念可能相近。如果是工黨執政，和聯邦政府當然有更大的分歧。一個朋友早前由西澳入境，在那邊隔離了十四日，得到一張完成隔離証書，歡天喜地回到悉尼與家人團聚。此處的中國大陸學生回國，倒要符合入境中國的要求，就是要在離境前七十二小時領取新冠肺炎測試結果呈陰性的証書才可登機。從來沒有聽過有什麼問題或延誤。新州的測試中心極多，得到結果也快。州政府就是希望大家走出來進行測試，不管你是本地人或者海外學生，希望能夠找到帶病毒的居民。

我們的病毒測試如此成功，你以為疫苗接種也應該迅速推行。但數據顯示，到四月十六日，全澳洲二千多萬人中，只有一百四十二萬接種了疫苗，也就是一百人之中只有五點六個。過去十四日有五十九萬接受疫苗注射，每天增加六萬人。按照目前的推算，到今年年尾，恐怕有許多人得不到第一劑的接種。聯邦政府說供應的疫苗主要是 AstraZeneca，也有 Pfizer 供應。大量供應的 AstraZeneca 源自英國，廣泛接種後在歐洲遭到阻滯，因為有少許病人接種後出現血管栓塞的現象，更有人死亡。世衛於四月七日發出的聲明指出，二億接種者當中，的確有少量在四至二十日後出現血管栓塞的病人，比較之下全球已經死亡的二百八十六萬人，孰量孰重，當然不言而喻。澳洲的眾多接種者之中，因為疫苗緣故可能致死的，僅有一人。聯邦政府隨即發出新指示，建議五十歲以上的人接種 AstraZeneca，五十歲以下的接種 Pfizer。

　　話雖如此，大家都對注射那一種疫苗都帶點驚恐，閒談之際，似乎都很在意它們的副作用。兩種疫苗之中，AstraZeneca 的儲存方法比 Pfizer 簡單，一般家庭醫生都可以為大家接種。但副作用廣泛流傳後，家庭醫生的預約不少取消了。晚間新聞播出一個醫生打開冷藏庫，指著內裡的疫苗，表示很無奈。其實聯邦政府沒有什麼長遠而具體計劃，時間表也沒有。幾個月前知道計劃推出，走到我的家庭醫生查詢。他說政府希望按步就班，所以

他的醫務所還沒有什麼資料。言下之意，政府不敢走得太快，他估計要觀望一下，即是要看看其他國家的情況。

於是等啊等，大家都只知道疫苗先給醫護人員，照顧老弱和邊防人員是第一期 A。第一期 B 給這些人員的家屬。現在疫苗有副作用，恐慌起來，時間表更加無影無蹤。我的一個約五十多歲的同事接種了 AstraZeneca 的疫苗，他說之後覺得有點不舒服，要休息一陣子才恢復元氣。大家聽了更加不知如何是好。這是疫苗的第一劑，還要打第二劑。聽說還要打第三的加強劑。將來說不定還像流感疫苗一樣，每年都要接種。新冠肺炎病毒的傳播比一般的流感快，死亡率也高。所以總理不敢為開關定下時間表。

目前我們快將與新西蘭通關，不用酒店隔離。大家也可以把新西蘭當作跳板，飛到其他的地方，只是逃不掉其他某些地方起碼的十四日的酒店隔離。但眼見許多地方的疫情仍然嚴峻，沒有注射疫苗，恐怕不敢胡作妄為。令全球交通逐漸恢復的辦法，就是讓更多人接種疫苗。回想兩年前旅遊南美，澳洲政府規定入境的人一定有接種預防黃熱病（Yellow Fever）疫苗的紀錄。當時我們不敢不在起程前先找一間悉尼的醫務所，接種疫苗及辦妥紀錄，以便回家時給邊防人員查看。將來說不定新冠肺炎疫苗也有類似的安排。

起初以為瘟疫來得快，去得也快。不過看來它還會繼續肆

虐。其實我們抗疫的方法，就是簡單的封關，所以只有九百一十人因病死亡。但要經濟恢復，可能要重新歡迎遊客到來。今天莫理森總理提到可能容許入境的人在家中隔離，即是説大家都不想再等了。這樣漫長的等待實在令人痛苦，也改變了許多人的生活習慣。如今只知道，原來黎明不一定會快來。只希望夜深了，可以安睡入夢。

2021.4.19
● ● ● ● ● ● ● ● ● ● ● ● ● ● ● ● ● ● ● ●

長
夜
漫
漫

133

清潔運動

○　　○　　○　　○

　　四月二十五日是「澳新軍團日」（Anzac Day），「澳新」就是澳洲和新西蘭。Anzac 全名是 Australian and New Zealand Army Corps。這兩個比鄰的國家於一九一五年一起參加盟軍遠赴土耳其，凌晨登陸 Gallipoli 半島，遇上土耳其軍隊頑強抵抗，戰爭持續八個月，八千七百多名澳洲士兵陣亡。這個第一次世界大戰的戰役成為為了澳洲人每年的慘痛回憶。國慶日作為節慶，雖然原居民表示反對，但依舊歡天喜地。但「澳新軍團日」帶傷悲，尤其最重要的黎明儀式（Dawn Service），是為了紀念戰爭中犧牲的亡靈。這個儀式去年因為疫情停辦，今年全國各地則在瘟疫普遍受控的情況下恢復，只有西澳州出現了酒店隔離中的感染爆發例外。電視畫面所見，在出席儀式中的老兵中出現了不少年輕人，都不約而同說受到了這個戰役感動。以往巡遊行列中，也有老兵和他們年輕的下一代參加，就是薪火傳承的意思。但也有人覺得讓少不更事的年輕人走在其中，把儀式變成一個遊藝節目，破壞了嚴肅的氣氛。過往的紀念儀式過後，場地垃圾處處。有如舉辦了一場戶外盛宴，觀眾四散，現場杯盤狼籍。

也許是澳洲人自由慣了，到了這些興高采烈的時刻，個性盡情發揮。除夕夜的煙花匯演，在悉尼海港中發放。大家大清早走到兩岸佔據有利位置，百無聊賴就是乾等，等到晚上九時看第一場，又等到了凌晨零時看第二場。兩場煙花施發後，眾人迅即離去。在一片漆黑和匆忙之中，誰還有片刻留意帶來的東西？可以想到，現場一定遺留了許多飲品紙盒、汽水罐或咖啡紙杯等等。第二天社區會派人前來，把局面收拾好，回復正常。火車上也常見不少人留下喝過的咖啡杯，等人清理。行走市區的火車，不時有合約清潔工，來回車廂撿走垃圾。行走遠郊的火車，到達終點後，才有人上前清理。總括而言，悉尼火車的清潔程度，還是強差人意。去年爆發疫情之後，火車上多了一些專門為車廂做消毒工作清潔工。他們背上行囊，手執潔布，拭抹工廂的扶手。初時以為他們會專責在這卡列車上。後來發現，他們會中途下車，轉到另一卡列車繼續工作。看來只有這樣做，乘客才會安心使用火車回到辦公室。

以前香港出現過的「清潔香港」運動，就是我童年記憶的一部分，想不到悉尼也正在推行。記得「清潔香港」運動中那一雙眼厲厲和垃圾蟲的貼紙，還有那句「亂拋垃圾，人見人憎」和流行一時的短短宣傳歌曲。記憶老化，像老唱片一樣斷斷續續，只曉得唱「垃圾蟲、垃圾蟲」。這隻「吉祥物」也成為逝去的殖民地的珍貴片段，竟然叫人如此懷念。至於悉尼的清潔運動，前些

時是叫人檢舉亂拋垃圾的人。廣告中舉出一個拋棄煙頭出車外的司機的例子，不就是叫人舉報這樣的人嗎？有一回我駕車回家，看見前面私家車的司機就是活生生這樣做，我的行車記錄儀不巧又捕捉了這連串的動作，看來我這個小市民不能不盡點應有的責任，令這個人得到票控二百五十大元。於是我下載行車記錄儀的錄像，逐一細看，果然幸運地找到那個拋棄煙頭的畫面。可能我的行車記錄儀的畫面解像度太低，又碰巧向西行，迎面猛烈陽光，這傢伙看起來像向我悠悠揮手，帶出點點浪漫雲彩。如果把這段錄像作為証據舉報，當局只以為我發神經。

後來我回想，這個廣告其實天真得可以，可能只是提議觀眾，類似的行為是起點，還需要閣下發揮一下想像力啊。老實說，一個煙頭在這花花世界只是微塵，看得見它被拋出車外的剎那，只証明了我的視力還不算太壞，也間接証明我要購買一個新的行車記錄儀。如果説拋棄垃圾，我立刻聯想到那些非法傾倒垃圾的車輛。新聞曾經報導過，一輛行駛中的貨車，突然在街中停下來，傾倒一車的石棉廢料。石棉是防熱物料，常見用於多年前的房子。因為致癌，所以拆卸含石棉的房子需要特別處理，也需要送往指定的收集中心。新州市區目前法例徵收每噸一百四十三點六元的費用，市郊八十二點七元。許多承辦商為了省下這筆費用，就找個偏僻之處傾倒算了。不料這個司機太急進，不曉得捨近圖遠這妙著，給街上的攝錄鏡頭捕捉了整個過程。

新州新一輪的清潔運動，口號叫「Don't be a Tosser!」簡單譯成「港式中文」，就是「不做垃圾蟲」。這個運動的廣告用幽默的方法，叫市民要為自己帶來的垃圾負責。所以畫面所見，其一是一個男子隨處拋棄咖啡杯。咖啡杯竟然貼在他的臉上，不容他擺脫，直到他放進廢紙箱內。另一個畫面是一男一女野餐後丟棄垃圾，結果垃圾在身後窮追不捨。他們左閃右避，非常尷尬。不過設計這個廣告的人，可能太過低估我們的禽獸本性，以為諷刺作品會令我們馴服下來。而且我們也缺乏幽默感，只覺得這個廣告太低能。年輕人看後，可能會有一番不同的感受吧。廣告最後的一句：if it's not in the bin, it's on you，就是懲罰的意思。但可能要有執法人員的具體行動，而且要多人得到票控，上了新聞的頭條，才有阻嚇的作用。

　　政府的網站上說每年有二萬五千噸的垃圾被不當棄置。我想咖啡杯肯定是其中之最。澳洲人每天的提神飲料，一定是咖啡。此處咖啡種類多，又有許多加奶的選擇。我的一個同事一天喝四杯，而且都在早上時段，她說喝後力量倍增。幸好她只是在辦公室內用咖啡囊，不加鮮奶，所以沒有使用咖啡杯，不用製造這些垃圾。但澳洲人每天使用咖啡囊三百萬個，大部分都隨一般家居垃圾，送往堆填區。如果要盡責，就要動手把膠囊分拆。

　　有一陣子循環再用咖啡杯流行。澳洲人愛追上潮流，所以大家拿著自家的咖啡杯到咖啡店，連帶有些企業，也把名字刻在杯

上，表示也不落伍。不過潮流畢竟有起有落，近日同事出外購買咖啡，也不再自攜再用咖啡杯了，是否嫌太麻煩？環保這事兒，要持之以恆不容易。這一代率性而為，耗盡地球的資源，受害的還不是我們的下一代？

2021.4.26

拍賣會

○　　○　　○

　　悉尼的樓市熾熱已經是不爭的事實。五月一日的拍賣成交率
為百分之八十一，售出了五百五十八個物業。網站 domain.com.
au 在數字的旁邊，列出去年同期只有百分之五十。上星期週末
百無聊賴，跑到附近一幢樓房的拍賣會，一開眼界。出售的是兩
層高的獨立屋，灰色外牆，設計較為新穎。屋內樓上樓下四個房
間，後院是一片草地，給一家大小相當足夠的空間。那天下午前
來觀看拍賣的人有百多人，小街兩旁泊滿車子。地產公司更有心
思，召來流動咖啡車在屋前提供免費飲品。我想不到這個用意何
在。本來打算來看的人，也不會因為有一杯咖啡而臨時加入競投
吧。可能地產公司想為這場盛宴增添一點趣味，或是給大家一個
話題而已。

　　拍賣在房子的後院舉行。大家湧到草地，站近圍欄騰空中
央空地耐心等候。地產公司早已安排好數部攝錄機，把整個過程
紀錄下來，看來預計有個不俗的拍賣的結果。時間一到，拍賣官
出場，首先例行介紹一下這幢房子的優點，例如地點、設計和
附近設施，重點是叫有意競投者不要錯過這個大好機會。當然很

多像我們一樣來湊熱鬧的人，順便間接為自己居住的房子做個估值而已。所以真正競投的人，來來去去都不超過十個。地產經紀已經個別緊緊盯著登記了的競投者，鼓勵他們出手，製造熱烈的氣氛。拍賣官緊接著叫大家出第一口價，等待了片刻，才有人出價二百四十萬。大家沒有驚訝，看來早在意料之中。然後競投者相繼出價，經紀在旁陪伴鼓勵，希望出價不斷提高，打破紀錄。拍賣官也暗示房子的出價可能超過三百萬，不斷呼籲大家投入。至於競投者，有些跟隨出了一口價，即使經紀在旁慫恿，搖手表示不會繼續。看來要拍賣官加一把勁才行。結果在寥落的競投之下，拍賣在缺乏後勁之下才達到二百九十六萬多成交。房子七百平方公尺，又似乎不能算是不合理。可能要再瘋狂多三至四星期，才可以攀登到另一高峰。傳媒的一些分析，指出樓市將會下跌百分之十左右，似乎想大市降溫。以前大家將樓市熾熱的原因歸咎於外來的投資者。但視乎近日的樓市表現，購買的是許多本地人，也説不清楚為何大家仍然痴迷於投資物業。

　　拍賣會中競投者的表現，其實很有趣。這次沒有超越三百萬，就是他們的頭腦冷靜，沒有胡亂跟風，把樓價推高得太不合理。有一次有興趣購買一個距離悉尼一小時多海邊小鎮的單位，小客廳面向海，有種悠遊的感覺，自用來渡假或者平日出租，都是不錯的投資。地產公司沒有搞拍賣會，只是叫有興趣的買家出價，讓彼此討價還價。我們出了幾次價，另外一個買家卻總出高

一點。對方可能志在必得，即使價格已經超越一般市價，仍然沒有放棄，經紀叫我們最後出一口高價，令對方知難而退。出乎意料之外，對方又出另一口高價。她認為對方窮追猛打，提議我們另尋好夢，不要抖纏下去。後來搜尋出售紀錄，才知道成交價錢已經比一般市價高出五萬多。遠郊的樓房本來不會太貴，但這個海邊小鎮是旅遊熱點，每逢假日人山人海。即使市道旺，仍然令人意外。後來回想起來，買下了來渡假，假日碰到那麼多人，跟悉尼的熱鬧海灘一樣，其實沒有意思。

　　專家分析樓市熾熱，理由是一是大家都想投資，做業主，可能也是羊群心理。這似乎言之成理。不過地產公司是其中重要的推動者。他們找尋一些潛在的賣家，游說他們趁好價出售房子。五六年前我們的前鄰居看到街上另一間房子在拍賣中賣出好價錢，他其實打算數月後遷出，所以找同一間地產公司提早出售他的房子。但不知道是否那段時間街上已經售出數間房子，或是可能供應過多，拍賣當日情況冷淡。結果後來私人與買方達成協議，售出房子，但我一直認為價錢偏低。事後他對地產公司略有微言，認為他們沒有做好本分，否則不會這樣。回想起來，其實我們遇過的地產經紀，都算稱職，沒有過份熱情，也沒有不斷來電追問。他們明白，如果我們有興趣的話，我們自然會主動聯絡他們。

　　我們住的房子距離火車站和超市不過七分鐘，位置不錯，也

有一定的升值潛力。出售給我們的地產經紀說過，這是個好區，會帶給你福氣啊。我們聽了就算，沒放在心上。住了十多年，四肢發達，身體健康，真的沒有騙人。過去曾經有些地產經紀摸上門，問我們有沒有興趣出售。我們都笑說不會。近日物業轉蓬勃，又有個地產經紀打電話來問我，有沒有想過出售，出個價如何？我們想想，就按最近看到拍賣房子的成交價再添加些吧，看他有沒有膽試一試。結果他沒有說我們獅子開大口，只說我們的出價是 futuristic。俗話說，風水大師騙你十年八年，悉尼樓市曾經每七年升值一倍。我們開的價，可能不用另一個七年便會達到。說句 futuristic，果然不會令人太尷尬。我結果和他沒有達成什麼協議。雖說有共識，但恐怕是天花亂墜，胡扯一番而已。

瘟疫蔓延全球，但澳洲可能是少數沒有給肆虐得死去活來的地方。生活如常來得不易，拍賣會也持續下去，成為週末另類的消閒節目。對許多人來說，借貸利率跌至史上新低，本來是置業良機。但樓價颷升，本來可以應付首期的錢，現在反而不能支付上漲了的樓房。根據粗略估計，全國升幅為百分之十六。新州升了十一萬，約百分之二十四，是全國之最。許多人儲蓄了十年，才能應付首期。看來要找一個家，對許多人還是夢。

沒有固定的家可以嗎？許多失業的人睡在公園，市中心中央火車站旁的 Belmore Park 就有不少流浪者的帳篷；也有不少人住在篷車公園（Caravan Park）。今屆奧斯卡最佳電影

Nomadland 説的就是游牧無依的人生。今天看到一個朋友在臉書上向友人道別，表示會浪跡天涯。人生來一無所有，其後慢慢建立了社交圈子，可能更建立一個家。如今盛年放下一切決心遠行，希望他在飄泊的路上，遇上許多互相扶持又無懼的同行者。

2021.5.2

••••••••••••••••••••

拍
賣
會

人　間　無　情

○　　○　　○　　○

　　星期五早上，走到大學本部一幢年初落成的大樓內接受流感疫苗接種。剛灑下一場雨，出發時雨差不多停了，太陽正好冒出頭來，陽光照耀，路上滿是碎葉，風徐徐吹來，正是深秋的好時光。如果不是想起疫情，恐怕沒有令人覺得有什麼不愉快。這個每年的接種疫苗，差不多是例行公事。向教職員發出的通告裡，叫大家留意今年將如期舉行。一個同事住在中央海岸距離悉尼市中心百多公里的小鎮，按指示領取流感疫苗券，兩星期前在鎮上的藥房接受注射了，比一般的同事還要快。想起多年前推出的時候，大家還稍有懷疑，不想接種。由第一次開始推行，我已經身先士卒，只是相信畢竟作個有效預防還不壞。自己走到藥房或由家庭醫生注射，如果不屬於六十五歲以上、孕婦、兒童、土著和高危人士，都要掏腰包付出約二十元的費用，也許要預約。

　　另一個同事前數天也接種了流感疫苗，她在社交群組分享說事後覺得有點不舒服，懷疑是今年疫苗劑量有些特別。聯邦政府建議的疫苗都有合法的規格，而且也在官方的網站上公佈疫苗的含量詳情，讓大眾知道一些相關的資訊。這些公開而且透明的數

據，其實都不是什麼秘密。疫苗接種後，每個人的反應都不同。以前的做法都請大家留下休息十五分鐘，然後離開。我記得我沒有什麼特別反應，只是給注射了在肩膀之處，感覺稍微疼痛。日間持續工作了一會，根本不會記得有什麼不對勁。

今年舉目所見，接種地點只是一個普通房間。房間盡處是接種處，由屏風分隔，其實稍為高聲說話，大家就會聽到。房間一端是等候座椅，另一端是休息間。我等候了五分鐘，接種過程不多於兩秒，接著就整頓衣服，在休息座椅上等候。那時間細看四周，整個房間坐了三十多人。大家都很安靜的坐著，有人呼籲大家填寫一份問卷，協助了解注射疫苗的反應。所以大家用手機掃描了二維條碼，努力的在填完資料。填妥了，差不多已經夠十五分鐘了。我沒有覺得不妥，就舉步離開了。踏出大樓，原來只過了半小時。早上過了一半，也是喝杯咖啡的時候了。

既然大家接受每年一度的流感接種，你以為對新冠肺炎疫苗都有同樣的態度吧。事情卻不如此簡單。根據資料，新州的人普遍都有顧慮，沒有打算接種。州政府的接種中心，設於悉尼西的奧運公園，由五月十日開始開始運作。到時候接種中心朝八晚八開放，三百位醫備人員候命。政府預計每週可以為三萬人注射，希望提高接種人數。到五月九日新州只為了近八十萬人注射，其中五十五萬是親自走到家庭醫生的診所。這個數字，只是新州人口的十分之一。按照現在的推算，每到年底才可以為所有新州居

民接種。

　　大家害怕這些新疫苗，都是來自媒體報導接受注射疫苗後數個相關死亡的個案。城市的人害怕，鄉鎮的人也有顧忌，土著也不願嘗試。另外一個原因是沒有迫切性。澳洲本土錄得只有零星的感染案例，主要來自回國的人士。但上星期四發現兩個本地患者，卻沒有外遊紀錄，另外也在悉尼西的污水中找到病毒，説明病毒仍然在社區傳播。州政府正在緊張追查源頭，因此下令大家要在公共場所配戴口罩直到五月十七日星期五。接種流感疫苗那天，大家都戴上口罩進入房間。在街上的店裡，所有人都佩戴口罩。行政令下，星期四晚上五時開始，大家在公共交通工具上要戴上口罩。同事回家路上所見，九成的人都能夠配合，証明大家很聽話。

　　聯邦政府限制澳洲人出國，除非有特別的理由。同事的大女兒在新加坡生了外孫兒，舉家申請多次不成功，只有小女兒幸運地獲准出國。到底為什麼她夫婦兩人不獲放行，不得而知。來自中國大陸的留學生當然可以自由離境，不受限制。有一回我看到大學郵局外的空地上放滿行李，原來就是回國學生托郵局把行李付運。離開前點算一下，才知道購買了如此多的東西。我有個學生取工作假期簽證前來生活了一年，回港前也要把東西包裝好寄回去。沒有人瀟洒得只有兩袖清風。

　　最近印度疫情大爆發，每日死近四千人，感染人數四十萬，

真的是人間大慘劇。澳洲政府隨即不准印度航班前來，在印度的澳洲人自然也不准回來，經第三口岸回來的人會罰款六萬六千元或判監五年。莫理森總理為這個行政命令辯護，說這是為了本土澳洲人的利益，還得到許多選民的支持。先且不論那些選民是誰，有那些背景；國民在海外有難，應該立刻派專機把他們接送回國。曾任種族歧視專員的 Tim Soutphommasane 就指出這個措施的荒謬之處。言猶在耳，澳洲的曲棍球隊馬上撤離，全隊飛往毛里裘斯隔離十四天再飛回來。事實上，去年武漢爆發新冠肺炎，澳洲政府派出專機，把滯留當地的公民接回國，在聖誕島進行隔離十四天，雖然是千呼萬喚始出來，但大家都很支持。現在政府卻麻木不仁，取態有別，到底是什麼原因？

一個同事有天寫了電郵給我，提到他父親的死訊。住在印度的父親死前希望兒子能夠回來，見最後一面。同事以這個理由向政府申請，卻遭拒絕。同事傷心難過，我可以理解。他不獲放行回印度，卻毫無道理。我聽過許多都以 compassionate 的理由申請，都獲得通融。政府以許多行政的理由解釋，但這些措施背後的執行者都是人。那麼我只能理解這些人都是沒有同理心，違反倫理的官僚。只有一個沒有一點善心的人，才會想出那些惡毒的措施。

究竟放行一個人出國向臨終親人告別，對澳洲本土社區有何壞處？這個國民將來回家，按例也要安排，也需要酒店隔離。

兩天前，一個在印度的五十九歲的澳洲永久居民感染了新冠肺炎死亡。死者的女兒曾經在臉書上載給莫理森總理的公開信，要求讓她的雙親回國。聯邦政府只是重複說從印度回國的航班將於十五日恢復。瘟疫肆虐如今，每日都是令人傷痛的記憶。

2021.5.10

悉尼動物園

○　　○　　○　　○　　○

　　如果沒有新州政府推出的 Dine and Discover 券，我根本沒有打算去遊一趟悉尼動物園（Sydney Zoo）。新冠肺炎疫情緩和之際，州政府鼓勵大家外出，略施小惠贈與面值二十五元的優惠券 Dine 和 Discover 各兩張，振興一下瀕死的商戶。Dine 是餐飲，Discover 是娛樂。食為先，我早巳用掉 Dine 券。第一張花在遠郊的小酒館裡，吃了一頓新鮮熱辣辣的炸魚薯條，和我的健康開玩笑。另一張花在和朋友吃日本菜的午餐上。不過後來發現那日本餐廳根本不是日本人開的。櫃臺和廚房一腳踢都是幾個操普通話的漢子，我初看見時半信半疑，後來側耳傾聽才知道真相。老實說找真正日本人開的店，要在市中心北岸那端較多。不過這張券不是白花，他們弄的鰻魚飯總算有水準，賣相也不俗。況且他們肯收州政府的餐飲券，給他們多一點分也應該。據說許多人把餐飲券花在連鎖的大型快餐店，相反較少光顧小店，正違反了官方鼓勵大家出外吃喝支持小企業的原意。

　　至於 Discover，是用來娛樂，看電影，參觀博物館和公園的。最近去 Mayfield Garden 用了一張，它位於藍山國家公園

以西的小鎮奧伯倫（Oberon），從家往返要七小時。這次進悉尼動物園，又用了最後一張。州政府鼓勵你使用一個官方手機程式，叫做 Service NSW。NSW 就是新州的英文簡稱。程式上有幾個功能，其中一個是載有 Dine & Discover 的二維條碼。不過排首位的是 COVID Safe Check-in，即是建議你進入公眾地方，例如餐廳超市之前，先掃瞄一下它們的二維條碼，然後連同時間提交登記，離開時又登記一次。自從沒有錄得感染個案以來，大家已經不需要在公共交通工具上戴上口罩。但有些食肆還是很認真，要求顧客先完成登記步驟。既然已經安裝了官方程式，就表示不介意使用吧。到工作地方附近的地方午餐，侍應也是同樣要求，只不過有些作溫馨提示，有些笑著說在點菜前要檢查一下閣下做妥沒有。在動物園的大門前，大家魚貫排隊進入，都不約而同拿出手機，輸入資料作登記。

動物園坐落悉尼西部大平原，按照谷歌地圖，距離我家三十五分鐘車程，正確的位置是大西部公路（Great Western Highway）七百號。大西部公路全長二百一十公里，據說要從悉尼市中心的中央火車站算起，西部的終點是以 V8 賽車運動馳名而又是新州歷史最悠久大鎮巴瑟斯特（Bathurst）。這個門牌七百號的地點，我的車上的衛星導航地圖就沒有，所以以前應該是一大片農地，渺無人煙。現在駕車經過，看到不少的倉庫、農地和企業的辦事處，証明悉尼由市中心往西不斷發展。過了動物

園，沿大西部公路繼續前駛，就會在藍山腳下和高速公路 M2 匯合，直闖西部。

論面積，悉尼動物園僅佔地十六點五公頃，市中心北岸的塔朗加動物園比它大三分之二。論歷史悠久，塔朗加動物園於一九一六年十月七日對外開放，的確是二〇一九年十二月七日開放的悉尼動物園的老大哥。印象中我到過塔朗加動物園數次，但並非熱衷。到底有多少困在園中的動物，更不是我的興趣所在。到動物園嘛，憑記憶我只想到年少時跟父親到過荔園一次，親手餵大笨象吃香蕉，以及後來在動植物公園看過孔雀和猩猩。後來有個朋友說過他沒有在動植物公園看過猩猩，所以我自己也胡塗起來。無論如何，印象中動物園的動物，都是沒精打采的多。父親晚年的娛樂，就是飯後看電視上的動物世界節目。他雖然不懂英文，依然看得津津有味，肯定比親身到動物園有趣味得多。

悉尼動物園的其中一個好處是駕車載一家大小到來，找車位容易。至少我看不到有車龍等候。這個安排是因為園方早已經呼籲大家在網上購票，既有優惠，又可以限制入場的人數。這個星期六的早上，相信是高峰時間，幸好只是等候了十五分鐘左右，包括了讓工作人員掃瞄 Discover 券。大家也沒有任何不滿，十分難得。有個朋友帶小朋友到訪過，認為只需兩小時便遊遍全園，我們成年人行動那麼快，隨時個多小時就完成使命。

結果因為要拍照和錄像，遊園花了三小時多，很滿足。園

中分為數個區域，例如非洲、亞洲、澳洲和靈長類動物，更有爬蟲和水族館。朋友提過早上動物可能在睡夢中，下午氣溫高，動物可能躲藏起來。果然園裡的老虎在睡覺，過了一會再回來看，老虎跑到另一角又睡起來。靈長類動物也是若隱若現。要看個清楚，必須耐心等候。澳洲區的動物採取半開式設計，袋鼠、樹熊，鴯鶓都近在咫尺，只是不能觸碰。非洲區的獅子、長頸鹿、獵豹、鬣狗和斑馬都各有天地，所以沒有撕殺的場面。我們從架空步道下望，牠們都各自做好本分。這些在非洲草原奔跑的動物，只能在園內安靜下來。獅子悶得發慌，頻頻打呵欠，多跑一下也不願意。至於動作靈巧的狐獴（Meerkat），自然成為大家鏡頭下的焦點。園裡有兩個地方有牠們的蹤跡。在一群狐獴中，永遠有一隻攀到高處，直立四周張望，觀察有否空中飛來的掠食者。

　　動物園是否讓你真正了解動物的習慣，常有爭議。歷史上動物園的概念最初是貴族的私人收藏，向友好展示擁有的奇珍異獸。反對的一方認為受困的動物產生恐懼和焦慮，會變得瘋狂。我們看到小熊貓在牠自己的園裡四處奔跑，我們想當然認為牠是開心雀躍，但是否是對環境煩厭所致？贊成設立動物園的一方認為郊野面積愈來愈少，動物園有助保留一個較平衡的空間，讓我們親身看到野獸。悉尼動物園的一些員工，負責向大家介紹一些動物的行為，說是其中一個成立動物園的目的。

即使有教育的目的，我還是不喜歡動物園這種囚禁的環境。你可以説這些動物多幸運，不愁衣食，生活無憂，但想想原來牠們失去了最重要的自由。想到園裡的動物的命運，最好還是不忍再來了。你若仔細留心觀察，也許會看到牠們的眼神裡，有種説不出來的無奈和傷悲吧。

2021.5.24
● ●

悉尼動物園

拍 攝 月 蝕

○　　○　　○　　○

有沒有在五月二十六日晚上觀看血紅的超大月亮嗎？

相信你和我一樣，對這個天文現象有點好奇的話，都會想在晚上碰碰運氣，看看這個大月亮。五月底的悉尼正是深秋，下午五時太陽下山，短短的黃昏過後，黑夜便來臨。氣象局預測今年的冬天比正常稍暖，不過這個秋天碰上幾陣由南極吹來的冷鋒，反而晚間和清晨比較寒冷，一個早上駕車經過附近的街道，竟然錄得攝氏五點五度，不可以說不冷。晚間天空上一片雲也沒有，日間的暖意頃刻消散了，果然又是清涼得可以。近日的天氣都如此理想，難怪這天早上所有媒體都不約而同報導說，趁此良辰吉日，拿出你的相機，捕捉那剎那的美景吧。

結果一如所料，這個晚上天氣好得沒話說，專家說西澳州的首府珀斯最好，澳洲東岸也是賞月的好地方。我住在悉尼，沾沾自喜。月蝕同時出現在月滿之時，是二〇一八年七月以來的首次。今次月蝕由七時四十四分開始，十時五十二分結束，全蝕將在九時十八分出現。當然由於時區不同，新州、維州、昆州、首都領地和塔州都是同一時間，南澳州和北領地遲三十分鐘，至

於西澳州則是遲兩小時。大家都把月蝕的過程仔細詳列出來，讓喜愛拍照的人選擇喜愛的觀賞時間。至於月全蝕的時候，這個滿月出現血紅的顏色，就是全晚的高潮所在。有人認為血紅的月亮是末日的預兆。不過血紅的月亮近年出現了不少次，預言成真的話，地球早已經毀滅了。

新州的最佳拍攝月升的地點，應該是悉尼環形碼頭（Circular Quay）或巖石區（The Rocks）附近。因為朝東看到悉尼歌劇院，月亮在後面冉冉升起，用這個地標襯托做背景，錯不了。接近地平線的月亮特別圓大光亮，雖然不是血紅，但配合一支 400mm 或 500mm 以上的遠攝鏡頭，一定不會令你失望。Canon 的 Facebook 群組，更特別提醒大家嘗試用感光度 100，快門二百分之一秒，光圈 f/8，然後再作調整。這個配搭，其實可以簡單的手持相機拍攝，當然把相機放在三腳架上比手持更加穩定。晚上的風的確不懂溫柔，即使是三腳架也需要一支紮實可靠的，免得給風吹得微微抖動。許多人以為三腳架不重要，但以前到過日本，記得在旅遊景點中，不少日本人把相機放在三腳架上，認認真真拍一張風景照片，不是匆匆忙忙、不斷的按下快門，以求有一張可觀的佳作。用徠卡 M 系相機街拍，當然不用三腳架，熟練的攝影師甚至不用對焦。不過相機的自動功能的確令人懶惰起來。我見過有些人拍攝專業閃燈人像，叫被拍攝的主角隨意擺動姿勢，他不斷按下快門。但拍攝主角不是專業模特

兒，不停擺動只是浪費時間。我認為不妨叫他們固定一個姿勢，讓我可以清楚研究那些光源如何照明光位和暗位，如何豐富他們身體的輪廓和動態。

在這個年代，任何人都可以是攝影師，記錄自己生活的一點一滴，根本不讓那些昂貴的攝影器材專美。聽説有間外國報館不再投資相機和鏡頭，叫記者用手機拍攝後直接上傳，省卻後期製作，是否做得對見仁見智。蘋果公司每年的農曆新年期間，特別推出一段由最新 iPhone 拍攝以新年為主題的微電影，証明它們的智能手機的的質素好，跟專業器材一樣能拍到動人的電影作品。當然 iPhone 作為攝錄工具已經很完善，尤其它可以達到 4K 每秒六十格的格式。從微電影的幕後拍攝花絮可以看到，一齣好作品最重要其實是構思。沒有好的計劃，根本沒有能力把故事説好。其次是後製的團隊，把片段剪接完成得那麼巧妙。

為了拍攝滿月和月蝕的過程，我認為要找個高地才行。印象中附近的球場公園的停車場位於高處，可以遙遠看到火車站那端的高樓，下面是公園，沒有阻隔，景觀也開揚，來做月亮的背景合適不過。説到裝備，我有一支 100mm-400mm 的長焦距鏡頭，400mm 的遠攝端可以把月亮拉近，只是光圈全開只是 f/6.5，但既然專家提議收光圈到 f/8，那麼我的鏡頭其實已經很足夠。不過還是不可能不使用三腳架。於是把一個不常用的、某次回港在鴨寮街買的三腳架拿出來，把相機穩妥的裝置好，便駕

車出發去了。

豈料我忘記晚上球場正在進行球賽。球場上雙方爭持激烈，比日間更熱鬧。高處的停車場已經泊滿車輛，場邊四周燈火通明，如同白晝，比天上的滿月更光亮。衡量再三只好折返自己的前院，在一片漆黑中看到天上的滿月正在慢慢縮小，月蝕已經開始了。等我張開三腳架，把鏡頭向著月亮的時候，月球表面的光，只剩下小小的一鉤。於是抓緊時間，用定時拍攝的設定，相隔十秒快門開關一次。我的長焦鏡頭剛好把月亮放在中央，看來這一次成功在望了。

不過長焦距鏡頭把月亮拉近，但月亮不斷升高，不一會又要移動鏡頭，追蹤月亮。到最後月亮升到空中，顏色變成血紅，那時差不多九時十八分左右。經過不斷調整角度，我相機的鏡頭終於跟地面形成九十度。這時才明白，相機背後的顯示螢幕，如果不能翻出來，根本不能舒服的調校拍攝的角度。那些只設定固定屏幕在機背的相機，恐怕不是用來拍攝星空的好工具。不過事實上沒有一部全能的相機。每部相機的設計，可能都有它的適用範圍。先看看它的詳細規格，就會明白它的優點缺點在哪裡。

說到底，隨便抓相機拍，倒不如用你的智能手機好了。翌日早上回到辦公室，同事向我出示他用手機連接望遠鏡拍攝的血紅月亮，果然又大又清晰。他把照片傳給電視臺，登上大屏幕，果然智能手機也可以四兩撥千斤。而我在寒風中苦站兩小時，只得

拍
攝
月
蝕

數張令我滿意。大家在社交媒體上發表了不俗的照片，就是一個血紅的大月亮。有些別出心裁，把月蝕的過程全部放在一起，或者重疊在美好的夜景之中令人歡喜，只要你不嫌它們太假。

翌日清晨六時許我與這個超級大月亮又再相見，它正在城市的西南慢慢降下去。那時候近天邊的它又回復一個黃色的大圓圈。原來鉛華過後，月亮少了一分俗氣，多了一分明亮通透。

2021.5.31
• •

世界不一樣

Beijing Bureau

○ ○○○○○ ○ ○　　○ ○ ○ ○ ○ ○

　　一九八三年暑假我第一次踏足中國大陸。只憑記憶，恕我無法肯定我的記憶是否百分百事實。

　　那時候教了一年書，領隊林是同事，也是大學裡在文社認識的同學。林組織設計行程，加入另外一個同事和朋友，兩男兩女有伴一行四人。計劃中旅遊幾個歷史名城：鄭州、西安和北京。原來行程還包括華山，因為在不少書上看到沿鐵索攀登上山的圖片，有一種登峰的衝動。但出發前獲悉華山下大雨山泥傾瀉，去不成，只好在西安市內和附近遊覽。不少同學早已在大學時利用得到的學費資助去了許多地方。但我得到數百大元 grant，少得從未想過利用它來旅行。同學口中提及的帶著背囊遊名山大川的經驗，坦白未曾在我的腦袋出現過。大學兩年暑假，第一年上了一個暑假日文速成班，第二年參加了一個話劇演出，第三個暑假大學畢業出來工作。

　　林在廣州的親友替我們買了往鄭州的火車票。我們從香港乘火車到了羅湖，過了關再坐火車往廣州。只記得在林的親友家中吃過晚飯，再坐公車到火車站。公車上滿是人，我的背包是一

個鉛架支撐的大袋，事後才知道是在山野間比較適合使用。在公車上背著這個大行囊左右搖擺，可想而知多令人討厭。可是車上的人反而沒有什麼怨言。車廂有個售票員的小角落，有支小燈在檯上亮著，購了票便關上燈，車廂一遍漆黑，大家抓緊扶手就這樣站著。到了火車站，走進廣場，才發現四周滿是人，坐著躺著，都是在酷暑下等待上火車。我們持著硬臥車票，進了車廂，看見一邊上中下三舖相對，一個空間有六個臥舖，另一邊是單人坐椅，小小的讓人從臥舖爬下來休息。當然最好的要數地下的臥舖，或睡或坐都很方便。

　　這是硬臥，還有最高級的軟臥，價錢也是最高級，旅行的開支應省得省，所以選硬臥最好了。況且也知道不是普通人可以坐軟臥。火車從廣州到鄭州要走一天多，除了睡和坐，也沒有什麼好做。上舖接近車廂頂，溫度最熱，車廂只有幾把風扇，日間乘客也要走下來，坐在窗邊讓風刮進來舒服不過，大家你看著我我看著你便聊天起來，看見我們的服裝較為光鮮，就知道我們來自香港。奇怪的是，大部分人都很高興認識這幾個來自香港的「同志」。那時候我還未習慣這樣稱呼他人。交換幾句話之後，更熱情的遞上一根香煙，我只好搖頭禮貌地拒絕。這些異鄉人在歸家的路上沒多久便熟絡起來。一個回石家莊的漢子把住址告訴另一個，邀請他有空來家裡住。我沒有想過那麼隨便把住址告訴剛認識半天的人。到他們知道我們從香港來，都帶著歡喜的眼光。

晚上火車在黑暗之中奔馳，我睡不著向外望，原來一輪明月掛在半空，白光照在大地上，想起「月是故鄉明」這一句，但這個旅程的終點不是我的故鄉。那時候我從來沒有回過父母的南方的出生地，只有幾次隨母親到澳門探望外公。外公住在黑沙灣一陣子。長大後曾經到過黑沙灣想找外公的木屋和旁邊的水井，當然物換星移，人面全非。看到明月掛在天空，無法矯情造作，故意勾起絲絲鄉愁。不過窗外的景色的確是一個令人感動的剎那。在菲林拍攝的年代，感光度太低，根本無法用相機的快門把片刻留住。

火車到了鄭州，是個陽光燦爛的早晨。火車站外的地上有人擺放了一盆又一盆的清水，向走過的人遞上毛巾。經過如此長的旅途，果然是風塵僕僕。原來沿途風刮入車廂，坐在窗前的人都給沙塵打到臉上，其中不少是黑色的泥塵。如果要趕路，花少許金錢，洗洗臉還是好主意。只不過我們訂了住宿的賓館，很快便可以找到地方休息。到鄭州其實是看少林寺。印象中往少林寺的路沙塵滾滾，又沒有什麼特別建築物好看，只逗留了半天。看過什麼也記不起來了。

這次旅程，最不能忘記的都是坐火車：從鄭州往西安，又由西安到北京。從鄭州到西安的列車只能買到硬坐。準時上車，車上已經滿是人。我們的對號座位早已給許多同志佔據了。車掌小姐幫忙下，同志們讓了座，我們好不容易坐了下來。跟臥舖一樣，一邊是三座位，另一邊卻是兩座位。我們個子小，車開行不

久，已經有人客氣的請我們坐得貼近一點，讓他可以稍佔一角。後來這三人座又有一人加入，變成五人座。座椅下原來早有人躺著睡覺。座位和通道之間擠滿了人，根本不能動彈一下。上廁所也不敢，害怕回來時要千辛萬苦才能叫人讓回我們的座位。洗手間裡也有很溫馨的告示，叫乘客不要在火車停下來或靠站時上使用。起初不明所以，後來留心一下，馬桶的排洩出口下原來就是路軌。火車行走時，便溺遺留郊野，回歸自然。

　　從西安到北京那程火車最辛苦。購得票，但只是站票，不想坐在地板上，只得站了許多小時。後來從北京返回廣州坐的又是硬臥。這次車掌小姐是個很認真的姑娘，整個車廂在她監督之下變得井井有條。我們一般都準備自己的三餐，但這一趟決定試試車上出售的便當。只記得裡面有肥肉數片，清菜三兩條，飯是黃黃的，但味道還不錯。結果吃罷，問車掌小姐垃圾筒在那兒。她二話不說，拉高車窗，把便當盒向外一揮完了事，身手乾淨俐落。難怪火車到終點時，我們的車廂獲得文明車廂錦旗一面，車掌小姐一臉喜悅。

　　想起這些難得的第一次，原因是剛好在閱讀一本本地出版的新書 The Beijing Bureau。這本書的副題是「25 Australian correspondents reporting China's rise」，就是駐中國的澳洲記者筆下的親身體會。其中澳洲廣播公司記者 Richard Thwaites 在一九七八年由香港坐了二十四小時的火車到了北京，直到一九八三年離開。那時候留在北京的外國記者已經超過一百，

許多通訊社都把焦點放在正在改革開放的中國社會。澳洲是其中一個最早派記者駐京的國家，同時也派出駐香港的記者。The Beijing Bureau 的中文譯名，不妨試譯作《駐京辦事處》。

編者之一的 Trevor Watson 是我的前同事。他在大學的商學院任職 Media Director 多年，但老本行是澳洲廣播公司的記者，一九八九年他正好在北京。多年後的今天，他在本書的其中一章寫到那段翻天覆的歲月，看得我眼泛淚光。本書的首篇是澳洲最後一個駐華記者 Mike Smith 寫他被迫離開的經過，第二篇是 CNN 記者 Angus Watson 寫香港的二〇一九及二〇二〇年的風風雨雨，總結了近年澳洲記者對中國的印象。值得一提的是最後一篇的作者是 CNN 的記者 Stan Grant。Grant 有澳洲原住民的血統，以自己的作為原住民的經歷印證中國百年屈辱下對外國的微妙心態，別有一番體會。

這本書幫助大家了解在澳洲的新聞工作者筆下，不斷改變中的中國大陸社會。千萬不要期待你會瞭解中國大陸。因為即使記者們在中國生活了多年，他們還是覺得撲朔迷離，似真還假。回望一九八三年暑假的吉光片羽，我相信這些東西應該不會重臨，只好永遠鎖在美好的記憶中了。

2021.6.14
• •

我 的 小 時 候

○　○　○　○　○

看伊朗導演阿巴斯·基阿魯斯達米（Abbas Kiarostami）的電影《何處是我朋友的家》（*Where is the Friend's House?*），竟然想起我小時候在香港的生活來。

電影裡面的小學生 Ahmed 為了把作業簿交還給同學 Mohammed，從自己的村落跑到遠遠同學居住的村落，逐戶拍門找尋同學的家，直到晚上，一無所獲，垂頭喪氣回家。從這個村落到另一個村落，原來要走上山坡，穿越樹林，踏上泥路梯級，遇上奇形怪狀的房子。這個場景，令人想起多年前中國大陸的的山區，那些簡陋破落的泥房子。不過現在可能許多山區的村落都城市化了，換來一幢又一幢的數層高石屎樓房，生活應該有了很大的改善，再不會如此貧窮。我也想起秘魯。二〇一九年旅遊這個南美國家，在古城庫斯科（Cusco）市外沿途看見許多泥黃的樓房，不少建築物根本只是一個框架和牆壁，沒有窗戶，也沒有上蓋，就這樣子在馬路兩旁的泥地上搭建起來。很希望那天是個假日，工人剛好休息去了，而不是房子長期給丟空沒有人理會。山坡上的農地旁，田野之間也都是這般簡陋的村屋。時間好

像在這裡停頓了下來。有些地方事物改變得很快，有些地方多年來還是老樣子。

童年時住在筲箕灣的木屋區，環境當然跟這些山區的村落很不一樣。其實木屋區只是一個籠統的叫法。它們也一樣分為許多村落，有各自的名稱。我不知道村名有沒有特別的意思。如果有機會考證一下，相信應該也有一段獨特的歷史。有些村落有基本的設施、寬闊的行人路和整齊的房子。有些村落亂七八糟，房子貼著房子，彷彿命運也相同。房子間擠迫得像呼吸的空間也沒有，只有污水溝把它們分開。狹窄的梯級從山下伸展到山上，連接到其他的村落，縱橫交錯，好比一個迷宮。

小學時下課後，有時候不喜歡直接走回家，就跟同學到了他在另一個山頭木屋區的家中，碰巧他家中無人，玩耍了一會，然後才抄山上的另一小徑回家。後來和另一個姓吳的同學熟絡起來，也不時到另一山頭他的家玩耍。母親問我為什麼總是那麼晚才回家，我找了個藉口說留校做功課。事實上那時小學同一個校舍分上下午校，上午校下課後，下午校便上課了，學校裡那有什麼空間給學生做功課。學生給老師罰留堂，也是搬了張椅子坐在教員室內老師的桌子旁。終於有天母親對我說：知道你下課到過同學的家。她提起同學的姓名和他兩個朝天大鼻孔的特徵，我不由得坦白承認。我回想起可能是早前家長日上，兩個母親碰過面，交換了一些彼此兒子偷偷玩耍的情報。從木屋區下山沿馬路

走向學校上課，最多半小時。返家上斜坡梯級可能要不時休息，也不應太久。每個聰明的母親對自己的兒子的一舉一動，從來都瞭如指掌。我遲回家一事，母親可能已經早知道不對勁，作出了不少明查暗訪。只是我愚笨不發覺而已。

我住過兩個木屋區的房子。第一間山下靠近馬路，是一間現在所謂的「劏房」，倒是一間四四方方堅固的石屋，不怕風吹雨打。劏房當然一定有包租公和包租婆。房間非常黑暗，只有一戶窗，外望正好看見鄰居的屋頂。房子的前端是個小客廳，牆角近天花板的位置裝了個麗的呼聲的收音機，所以聽到不斷播放音樂、新聞和廣播劇，但我對播放的節目毫無印象。唯一知道的是客廳裡從朝到晚，都有人圍坐打麻將，吵吵鬧鬧，所以很討厭碰麻將牌的聲音。有一回我在麻將檯旁的地上撿起一根仍在燃燒的煙頭，給母親看到，被打了一頓，從此知道香煙不能碰。房間裡燈光太暗，所以經常要搬了張櫈做桌子，坐在門前的石階上做功課，因此不時阻礙了其他住客出入。可能見如此麻煩，環境又複雜，到了讀小一左右，父母花了數千元買下了山上的一間木屋。

記不起如何把傢俬雜物由山下搬到山上，可能得到親友協助，不過原本一個小房間又有多少搬家的東西？我幫不了什麼忙，但其中一個任務是捧著一個紅色小痰盅走到新居。沿途別人的竊竊私語，聽入耳中以為是嘲笑我，所以不開心了好幾天。新居只是左併右搭的鐵皮搭建的空間，沿山坡用木板和鋅鐵搭建牆

壁和上蓋上去。地下是廚房和浴室，樓上是廳和睡覺的地方，再有一個小房間在我們木屋後的在高地上。二合為一的廚房和浴室，既是廁所，也用作小解。辦大事要跑到一公里以外的旱廁。那時候才了解到搬運小小的痰盅為什麼如此神聖。

整個房子的空間比以前的小房間當然大得多。父母親後來又把房子的廳的上半部擴建一個睡覺的空間，像個小閣樓，坐著伸手便可以觸及天花板。這個閣樓的一端可以睡我們三個孩子，另一端是父母睡覺的空間，很像日式的睡在地板上。屋後的小房間最初是放雜物的小天地，後來舅父來住了數年，直到後來搬了出去，又變回雜物間和我的藏書閣。我們一家人在這間外貌古怪的木屋住上十多年，直到我大學畢業後，政府開始清拆木屋區。

我們住的木屋區住了多少戶，我不很清楚。房子的大小高低不一，各自僭建又把自家的木屋改了又改，這個山頭接連另一個山頭，由筲箕灣東延伸到筲箕灣西的西灣河。山上不僅有住戶，也有小商店，也有數個農戶，有農地，有菜田。我們也可以容易在山上買青菜、大豆芽和芽菜做餸，不用走到山下的街市。回想這個山頭可能原來是只有幾戶的小村落，負擔不起大廈單位租金的和不合資格申請公屋的人，在這裡租了農地或者霸佔了一些空地，搭建房子起來，然後輾轉變成了綿綿密密房子相靠的木屋區。

基阿魯斯達米的電影中，小孩 Ahmed 住的是大房子。他的

家園有一塊大空地，母親在那裡洗衣和晾曬衣物。房子裡有起居、進食和睡覺的地方。祖父母的房間在二樓，欄杆掛滿了盆栽，祖母不准 Ahmed 穿著鞋子走上來。如果要做功課，Ahmed 可以去另一個房間。只是房間裡沒有一張桌子。他跑遍了幾個山頭想把作業交還給同學 Mohammed，遇到許多熱心但幫不上什麼忙的人。回來後 Ahmed 只有在深夜俯伏在地上，一筆一筆完成作業。第二天 Ahmed 上課遲到，原來他通宵達旦，完成了自己的功課之外，還替同學完成作業。是否一個很溫馨感人的結局？

　　至於我住的木屋，雖然小，但感謝父母為我找到一張書桌。在這小小的天地中，我可以做功課，讀課外書，和開始寫我自己的故事。

2021.6.22

做一個美食家

○　　○　　○　　○　　○　　○

　　同事與同事的溝通用電郵，直接了當。但愈來愈多部門採用發佈新聞的方式，名之為 Update，把大大小小的資訊放在一起，一目了然，免得大家搜索以往發出的個別電郵。雖然說電腦曉得把電郵分類，又可以按字搜尋相關結果，但從來我都覺得微軟 Office365 電郵搜索的效果，只不過是馬馬虎虎而已，所以逐漸喜歡這種每週或每月發放的部門員工通訊。大學的每週內部員工通訊，我看得比較仔細的是員工福利，但近來的福利放在通訊末段，彷彿可有可無，甚至沒有特別的標題，可能的是主管覺得員工福利不是員工最關心的議題。我們學系中的非教學人員，也有一份特別給我們的每月通訊，每次介紹一個員工，讓大家八卦一下他們的工作和一些生活背景。早幾天收到一個電郵，同事說七月份會介紹一下你，請你簡單回答五條問題。

　　我說好啊。對這樣的邀請不會拒絕，一般來說我是個不會 say no 的人。後來仔細一想，就覺得介紹我好像沒有什麼必要。到悉尼生活以後，在這學系工作了十多年，我已經變成部門裡面其中一個最年長的人。我曾經想過現在應該是時候退下來。

對於快要離開的人，自然沒有需要多作介紹。這一陣子老是想起自己喜歡做的事，想起是否像朋友提議的：合作搞一間攝影錄像製作公司；想起是否多花時間讀讀書，寫寫未看完的幾部小說；想起是否要把自己的 YouTube 頻道做好，錄製多些介紹悉尼值得旅遊的好地方。想到後來，才覺得自己尚可以有更多學新東西的機會，自己又未有立下決心如何享受退休的生活。如此這般蹉跎歲月，終於覺得還是留在原在的位置，再待一段日子。

既然同事傳來了問題，於是準備逐一回答。其中一條問題問我可曾吃過什麼怪誕的東西嗎？霎時間腦袋一陣空白。想了一會，才記得小時候吃過的禾蟲，到底算不算怪誕？有一天父親很晚才下班回來，從袋子中拿出一小砵還溫熱的東西，和母親竊竊私語一番。我好奇地問。父親給我嗅一嗅，匆匆便拿開了。我嚷著一會，父親才勉強給我嚐了一口。這樣的淺嚐當然無法令人留下深刻印象。後來才知道這是砵仔焗禾蟲，據說是不能隨便公開出售的，所以特別珍貴，也是他們一輩的平民美食。現在查看網上資料，才知道是棲身於水稻田以腐稻根為食的蟲，體形近蜈蚣，廣東人於秋季多捕食之，尤其以燉禾蟲、燒禾蟲和砵仔焗禾蟲的食法最普遍，更有禾蟲全席。可見我們的上一輩吃得有文化，更有創意。不過想起形似蜈蚣的蟲活生生的蠕動，今天的我仍然不能說服自己，勇敢的把牠吃進肚子裡。

因為工作關係，父親多是晚歸或不在家，據說有一段時間為

了改善一家的生活，除了日間的一份工作外，還到港島南區當大廈的看更，工作二十四小時。不過到了我升中學的時候，他已經轉職在一間滅蟲公司工作好幾年，可以在深夜回家。他的公司除了安排他在日間滅蟲外，還有在晚間到電影院或餐廳在關門休息前做防蟲治鼠的工作，工時不算不長。我曾經跟他到過灣仔的京都戲院看過幾齣電影。有一次看晚上九時半那一場，上映的是史提夫・麥昆主演的《龍虎榜》（*The Great Escape*）。這次是重映，因此席上沒有多少個觀眾。父親事先跟經理說好安排，然後叫我在樓上超等隨便找個座位坐好。電影一開始，他便沒入黑暗中工作了。《龍虎榜》講述美國和英國空軍從德國在波蘭的戰俘營逃走的故事，我現在還記得史提夫・麥昆騎著電單車在山野間逃走的一幕。電影結束字幕升起時，父親從銀幕後走出來，輕輕喚我，一起回家去。京都戲院後來成為留下最多腳毛的電影院之一，聽說早已經拆卸重建為高樓大廈。最後一次在這裡看電影，也是在樓座，那時候戲院早已一分為二，樓上樓下放映不同的電影。那次看的是港產片的《無間道》，為我與京都戲院的緣盡留下最好的回憶。

父親不時把食物從滅蟲的地點帶些回來，不過總有例外。有一次刮颱風，全港交通工具停駛，父親被困在公司不能回家。到了風球卸下，父親帶著一碟炒熟了的「美食」回來。原來颱風來襲前，許多水甲由飛入他們公司在中環李寶椿大廈高層的辦公

室。他和同事兩人合力把牠們全數活捉，然後去除頭和足翅，把剩下肚的部分在鑊中炒熟然後享用。看到這些模樣的食物，並不驚嚇，可能已經見識過在家中偶然出現的甲由的模樣。父親曾經在家中四周灑了滅蟲藥水，已經更少見到甲由了。那次我終於夠膽吃了一隻，味道帶點鹹，可能是來自海水，也可能是因為煮的過程中下了些鹽。同住的舅父特別興奮，表示這些俗名叫「和味龍」或「龍虱」的水甲由，是難得的美味，以前他們在鄉間常見也常吃。我的父母輩來自廣東珠海附近的海岸和一個小島。他們的美食跟沿海的鄉間生活分不開。他們眼中的美食，根本不是什麼山珍海錯。

嚴格來說，我是一個不懂得吃的人，也不會花錢在吃上。父母那一輩艱苦的生活，令我相信吃健康簡單的食物，使人溫飽就足夠了。不過不會沒有興趣知道每人心目中的美食是什麼，所以很高興閱讀 Anthony Bourdain 和 Laurie Woolever 的新書 *World Travel*，了解他們心目中各地的不一樣的食肆，或者按圖索驥，印證一下波登是否有道理。Bourdain 是誰？相信大家都知道吧。維基百科這樣寫：安東尼‧麥可‧波登，是一位美國廚師、作家及電視節目主持人，生於紐約市。但波登廣人為知的是由二〇〇五年到二〇一二年他主持的電視節目 Anthony Bourdain: No Reservations 和去世前為 CNN 主持的節目 Anthony Bourdain: Parts Unknown。就在拍攝後者期間，波登於二〇一八年於法國

外景場地的酒店中上吊自殺，享年六十一歲。

波登的書的副題是「An Irreverent Guide」，其實一點不尊敬的意思也沒有，全書厚達四百七十一頁，寫遍四十多個地方和國家的食肆，有聯絡資料，也有評價。波登死前跟合著者 Woolever 早已擬好全書的內容，說好的彼此合作，就是書中用藍色字體刊登波登在旅遊節目中說過的話，其餘黑色字體內容，就是 Woolever 的創作，彷彿與天堂的波登對話，非常生鬼。Woolever 先於二〇〇四年和波登合作，出版了烹飪書 *Les Halles Cookbook* 後離開，到二〇〇九年和波登再度合作直到他辭世。

本書是不一般的遊記，也是不一般的飲食指南。澳洲的章節，先寫墨爾本，再寫悉尼，可見他的眼光。寫中國，先寫香港，再寫上海，最後寫四川，也有他的理由。波登眼中的三個中國城市，以香港為首，我引以為傲。他提及多年前他看過的王家衛的電影，和來自杜可風鏡頭下的獨特的映像世界，令他非常著迷。杜可風和王家衛前後合作了七部電影，不知道他最喜歡的是那一部？你問我，一直還是《花樣年華》。紛亂的時局和多變的社會，一直是我對香港的記憶，還有片中男女主角在街頭上走來走去的場面。波登的香港印象首先是這幾句：「Basically, if you can't enjoy Hong Kong for a few hours or days, there is no hope for you .」至於香港的食物，他這樣寫：「I'm constantly asked, 'What is the greatest food city in the world?' And I always say there no one can say you're wrong if you say Hong Kong.」是否特別令人懷念？

波登走了，香港也再不一樣。我當然做不成什麼美食家。在目前的瘟疫蔓延中，只好翻開波登的書，幻想在明日傷痛終結的世界，再次踏上我的旅途。

2021.6.28

●●●●●●●●●●●●●●●●●●●●●●●●

世界不一樣

鼠患

○　○

　　踏進六月，冬天便堂而皇之來了，氣溫確是有點冷。我們總是希望每日陽光普照，帶給大地溫暖。但看來我們在辦公室裡面工作，即使有空氣調節，還是覺得冷風陣陣。這座落成了六年的大樓，跟其他的建築物一樣，有特別的個性，與環境絕不妥協。我們另一座較舊的大樓，擁有一個獨立房間的同事坦言，空調系統有它的脾氣：夏天送出暖風，冬天送出冷風，所以他們早已習慣打開窗子工作。生活在悉尼一段日子，你開始明白為什麼澳洲人可以在炎夏高溫的日子，坐在咖啡店的戶外椅子上喝咖啡。至於冬日，難得同樣有人在冷風中坐得如此舒泰。恐怕只有狂風暴雨下，大家才在店內暫避。

　　你會問：為什麼這麼小的問題不能夠馬上解決？沒有維修人員嗎？也許你說得對，但往往問題不是因為曝光了許久，恐怕還得不到解決。像空調這個問題，原來要經過不同的部門協調，才得到姍姍來遲的回覆，到底解決了沒有我真的不知道。到來作檢查的人員說，這關乎整座大樓的原本節省能源設計。每層安裝在不同位置的電子感應器，掃描走過的人。既然一段時間無人

經過，系統假定這不是上班時間，就把送風系統轉為假日模式，輸出最微量的風，甚至停止了機器的運轉。話說得動聽，但感應器為什麼不能運作還是一個謎。我們的腦海中有太多的陰謀論思想，總是以為背後一定有什麼不可告人的秘密。但就算我們不胡思亂想，也解釋不到一件投訴了一年多的事情，現在仍然繼續在這部門交到那部門，那部門又交回這部門的過程中。事情往往到了最後，投訴的檔案號碼仍在，投訴人可能早已轉職了。幸好是我提出了這個問題，我每天還在上班，不能夠草草了事。結果現在吹得冷風陣陣，總比悶熱好。

　　類似的每天都發生的事情，到底是機構的問題、個人的問題，或是兩者互有關聯，一直是老生常談，相信已經有以千計以萬計的論文寫過了，我只有靠我的日常的接觸中找到答案。交換幾封電郵，見面交談了幾次，你就知道他是不是應酬一下你。我不懂相人之術，但從眼神閃爍之間你應該了解站在你面前的人的幾分性格。以前在港有個朋友當校長，說例必先看照片略知其為人，再在面試中印證，好像頗為有成效，自鳴得意一番。不過相由心生，人變面相也變。結果也聘請到一些不合意的老師，給他增添了不少麻煩。人事問題並非三言兩語，人與人之間的互動產生的摩擦也不是一朝一夕，並非一成不變。後來與他偶然談起，才了解箇中的曲折。不過既然已經是陳年往事，就當是贏得一個經驗，瀟灑的揮揮手就好了。

至於聯邦政府的施政，確是不時令人哭笑不得，我們星斗市民的個別意見當然不會在考慮之列。例如到底何時開關，何時迎接遊客回來振興經濟等等，就沒有一個公開而清晰的時間表。嚴重依靠海外學生的大專院校和靠旅遊生存的本土商戶，只有不斷痴痴地等下去。有趣的是我們了解的所謂的政策，最終處理的都是有關人的事情。現在你應該相信所謂政策也有先後，所有人不是一律平等。因此奧威爾的小說《動物農莊》中：「All animals are equal, but some animals are more equal than others」才成為傳世的名句，民主社會中也不例外。不過叫人失望的倒是反對黨，到底是他們軟弱不表態，還是媒體沒有公平地報導他們的聲音？如果反對黨都不曉得做反對黨監督施政，就不能給政府增加壓力了。

大家最近非常關心新冠肺炎的疫情，反而忽略了新州內陸嚴重的鼠患。五月上旬，大家在新聞媒體中看到農民分享的老鼠在農莊肆虐的可怖錄像。鏡頭下成千上萬的老鼠四處亂竄，根本數不清多少。有些農戶已經花了近十五萬購買毒餌，仍然無法制止老鼠橫行。如果不能趁嚴冬有效撲殺老鼠，春天不久到來，鼠患會帶來另一場巨大的瘟疫。有些不幸的農戶的夏季收穫給老鼠吃光，有些開始擔心這個冬季的收成也遭到同一厄運。聽說鼠患已經接近首都領地。再蔓延開來，就會來到大悉尼近郊的鄉鎮。看來卡謬（Albert Camus）的小說《鼠疫》的場景可能很快在

鼠患

177

新州變成事實。受害的農戶呼籲政府正視。新州農業部長 Adam Marshall 宣佈撥款五千萬支援受災的農民，其中包括採用毒餌撲殺老鼠。一九五〇年的鼠患中，政府正是用這方法。不過毒藥到頭來不單止殺死老鼠，而且毒殺了其他生物，例如兔子和野貓，人類也輾轉吃了不少進自己的肚子。澳洲歷史上最嚴重的鼠患發生於一九九三年，受影響的地方包括新州、首都領地、南澳州和維州。這次由二〇二〇年起的鼠患，影響所及只是新州和昆州。要不是大群飢餓的老鼠闖進距離悉尼三百八十二公里的小鎮超市的貨架上，在城市居住的人仍然蒙在鼓裡。

老鼠喜歡出沒在人類居住的地方，在骯髒的環境下生存。不過這些老鼠可不是迪士尼電影中的米奇老鼠，那麼俏皮可愛。至少不止一次聽聞老鼠咬開了電線表面引致洩電，導致房子起火，所有東西付之一炬。我剛搬來這幢房子，沒多久便聽到房子的天花板上的吱吱叫聲。滅蟲鼠的專家到來，放了鼠藥。幾天後，我在後院發現了一隻肚皮鼓漲的老鼠屍體，正是因為吃了鼠藥跑出來喝水。拾過鼠屍之後，每年定期例必找專家全面為房子檢查，老鼠從此絕跡。

老鼠在澳洲肆虐的歷史，上溯至一七八八年。第一艘來澳洲靠岸的艦隊之中，老鼠隨人類登陸，從此在這片新大陸繁衍生息。據説一英畝的土地上，可以有一千二百隻老鼠存活。澳洲的許多動物，樣子尖尖像極老鼠，但沒有老鼠那麼可怕又可惡。回

想這麼多年來，人與鼠之間的戰爭從未停止，像瘟疫一樣，恐怕還要持續下去。

2021.7.1

鼠
患

疫苗大混戰

○　○　○　○　○

　　到了今天，不少同事已經注射了新冠肺炎疫苗。數數看，應該有四至五個人吧，可以追溯到最早的三月左右。今年二月聯邦政府剛已經開始公佈計劃。官方的網站上發表了詳細的資料，標題就是「準備去接種新冠肺炎預防疫苗」，內文有三頁。但沒有什麼人留意，也沒有大型的宣傳。我的一個同事走去接種疫苗，事後輕鬆的對我們説，感覺良好，沒有什麼不舒服。這個五十多歲的同事，算是最早的一個，不需勸喻，也沒有受到壓力，就毅然走去打了第一針，事後也沒有刻意提起。那次跟我們説起打第一劑的經驗，才醒覺我從來沒有想過要打疫苗。

　　同事打的是 AstraZeneca 疫苗，年齡介乎五十歲以上就屬於這個類別，是第一批，可以到特定的中心或家庭醫生。最初政府曾經考慮由家庭醫生負責，卻遲遲未有細節。有次趁著小病，順道問問他的意見。他笑著説還要稍等一下。我沒有追問是我們市民需要等等，還是他的診所沒有安排。不過稍為細心環顧四周，看到診所有五個房間，四名醫生各有一個診症室，剩下的一個房間作為小手術用。我有次跌傷了手和腿，醫生就在這房間為

我清洗和包紮傷口。診所內最多可坐十二人。現在新冠肺炎肆虐期間，座位之間需要隔離，只得坐四人。如果要進行疫苗接種，需要額外的登記、注射和休息的空間。所以我的家庭醫生的確不是不想安排，而且有實際困難。這個診所小，病人卻多，可能醫生值得信賴外，還有的是看醫生不接受預約。你有病到來，登記憑先後，很簡單。某些診所卻要先預約，實際上可行嗎？如果你是生病了，好不容易才找到醫生。像我的家庭醫生，距離我家十多公里，駕車少於三十分鐘。雖然不是近在咫尺，但起碼你知道只要等，始終會見到醫生。

印象中，有些診所的空間的確大得多，尤其是醫療集團轄下的診所，可以坐數十人，比美小型的公立醫院。其中有些更特別全日二十四小時應診不休息。如果兼顧接種疫苗的話，非要稍大的空間不可了。即使這樣，小型診所的家庭醫生也不可能為許多前來的人接種疫苗，也有可能妨礙了正常的診症。州政府在悉尼市西部的奧林匹克公園的疫苗注射中心，就是考慮了同一時間容納許多人而設。電視畫面所見，注射中心設於室內，州長和衛生部長巡視過，豎起拇指表示這是一流的設施，歡迎大家到來。

奇怪的是，大家都好像沒有多大的反應，聯邦政府也沒有大動作。澳洲首先引入了 AstraZeneca，這是英國牛津大學研發的疫苗，後來還在本地正式大量生產。看來政府的部長很有信心，疫苗的注射會按部就班進行。計劃相信是這樣：首先為前線人員

包括醫護人員和照顧老弱的人注射，其次為年紀大和住在安老院舍的人，再其次是按年齡局分，五十歲以上先行。至於 Pfizer 疫苗，由於需要特別低溫儲存，暫時只在奧林匹克公園的注射中心進行。政府也呼籲大家不用急，一切慢慢來。澳洲已經用封關的方法，防止大量海外入境的旅客帶回病毒。不過所謂封關，只是限制入境人數，及到埗的人要在酒店隔離十四天。

既然政府如此宣傳，大家就當作生活如常，留在澳洲大陸的人如果沒有申請，不能出國。想想關上了大門，留在家中應該很安全吧？大家於是沒有把注射疫苗認真處理。總理莫理森在悉尼一家診所接種了兩劑 Pfizer 疫苗。他於二月的一個星期天接受第一劑疫苗，兩個月後面對記者查問，不禁沾沾自喜說澳洲的疫苗注射計劃優於德國、紐西蘭、南韓和日本。既然一國之首已經走出第一步，而且又公開呼籲，為什麼其他人仍然在等？

大家的腦袋裡面有太多的疑問，社交媒體有太多的分享，和傳媒的報導剛好相反。例如有人留意報章和網站上莫里森總理接受疫苗注射的照片，發現疫苗針尖上的燈色套還在，懷疑他到底有沒有注射疫苗。不過經過專家核實，總理注射的是真的疫苗，而且還是 Pfizer，只是針套的外型有別。這個玩笑開得太大，因為這是個充滿陰謀論的年代，每件事情必有一個不可告人的秘密，但幸好澳洲廣播公司的網站有個 fact check，不時澄清一些公眾有興趣知道的事情。例如反對黨工黨的影子衛生部長 Mark

Butler，於五月二十六日引用數據，指出當時澳洲的疫苗的注射率於全球排名一百一十三位，還不如柬埔寨和哈薩克斯坦，言外之意，是否痛斥政府太無能？ Fact Check 就澄清說，如果以每一百人注射了第一劑疫苗計算，澳洲應該排一百零五位。如果以注射兩劑疫苗來說，澳洲排在一百二十四位。那麼 Butler 說的，倒是兩者之間的一個平衡。反對黨如此溫柔敦厚，摑得對手很體面，是否很有政治智慧？

澳洲目前的兩種疫苗之中，Pfizer 給四十至五十九歲的人注射。六十歲以上的接受 AstraZeneca。原來的計劃是第一期的國民全數要打 AstraZeneca，因為在本地生產，數量充足。我的一些五十多歲同事也接種了疫苗。注射了第一劑的反應各異，有些覺得沒什麼，有些要睡上半天，有些覺得天旋地轉，到頭來都安然無恙。第二劑安排在三個月後。就在大家觀望之際，大家聽到了 AstraZeneca 注射後的副作用，主要出現了血管栓塞的現象。六月上旬新聞廣泛報導，注射三百六十萬劑 AstraZeneca 後，新州一名五十二歲的女子，大腦出現血管栓塞，成為第二名因注射 AstraZeneca 致死的人。聯邦政府亦承認四十八個注射後出現如此病徵的人中，三十一個已經康復出院。大家關心的是，其餘的十七個情況嚴重嗎？我的一個同事，碰巧認識這個不幸死亡的女子。她沒有什麼隱疾，身體健康，生活習慣正常，也愛好運動。突然去世，令人震驚。大家又要重新考慮應否注射

疫苗。

聯邦政府於是不得不宣佈，只有六十歲或以上的人才可以注射 AstraZeneca 疫苗。到今天，政府再強調，四十歲到五十九歲的國民，可以聯絡家庭醫生接種 Pfizer 疫苗。但全國只有五百個家庭醫生參與這個新計劃，其餘的依舊注射 AstraZeneca。政府特別強調，即使有血管栓塞的風險，注射了第一劑 AstraZeneca 的人，千萬不要取消第二劑的預約。政府也承諾，Moderna 疫苗也會在年底到來。

當然 Pfizer 現在已經成為救命靈丹。疫苗的供應，實在非常緊張。事到如今，証明聯邦政府的疫苗接種計劃，實在一塌糊塗，鬧劇一場。當然大家的茅頭直指聯邦衛生局長 Greg Hunt。前總理陸克文（Kevin Rudd）在悉尼晨鋒報撰文説，Greg Hunt 的疫苗接種計劃失敗，應即下臺。不過政黨中人臉皮厚，對自己行為絕不負責。事實上，愈來愈多的政客犯了錯非但不承認，更不會引咎辭職。

經歷瘟疫一年多，幾番折騰。如果聯邦政府最後敢讓獨立調查這場疫苗大混戰，肯定會披露非常豐富的細節，不由你不相信，現實比小説更精彩。

2021.7.6
• • • • • • • • • • • • • • • • • • • •

身體髮膚

○　○　○　○

　　新州為了對付新冠肺炎擴散，推出新一輪的外出限制措施。基本上如果無特別理由，不能外出。昨天更有一個九十多歲的婦人在西區的利物浦醫院死亡，是澳洲十個月以來的首名死者。她不幸接觸過一個本地新冠肺炎帶菌者，搶救無效。至於病情嚴重需要入院治療的人，共有四十七名，其中十六人仍在深切治療部留醫。新州由六月十六日由零號帶菌者在悉尼市東邦迪海灘活動起計，至今天為止，已經傳染到五百多人，範圍遍及大悉尼地區。從北部海灘、西部的藍山山腳、西南部的 Ambarvale 和市中心附近，可謂全部淪陷。大悉尼地區又進入封鎖狀態。這數天適逢嚴寒，持續下了微微的雨絲，天昏地暗，困坐發悶，令人更加沒精打采。

　　昨天早上十一時州政府更新感染數字，新增了七十七宗。到底「七」是吉祥或是不祥，還再看今天明天了。看網上直播，千呼萬喚這數字，誰能預料今天的困局？倒是網上留言精彩萬分，發人深省。一位網民說得真妙：這次應付新冠肺炎，州政府又搬出二〇一九年對付山林大火的絕招：too little too late，官僚令

人失望，應自盡以謝蒼生。那一次席捲新州西南的大火，最先由閃電擊中一棵森林的樹引發，蔓延開來，其中一幕是熊熊火焰將沙灘上的宿營人士驅趕入海中，要由軍隊派出艦艇拯救。面對大火人類差不多無能為力，最後得靠天雨收拾殘局。那次總理姍姍來遲，出訪災區，卻給災民揶揄一番，落荒而逃。大家的記憶還是如此鮮明之際，新州重蹈覆轍，真的令人費解。

還記得二〇二〇年悉尼實施封鎖，保持社交疏離，大家生活都沒有大影響。那次主要受害的都是年邁六七十歲以上的安老院舍居民，更有多人染病死亡。這次州政府也作如此呼籲。上星期五走到理髮店，一如既往，希望我的頭髮給弄得稍為像樣，容易打理。戴上口罩，走近店子的時候，才看到閘下了一半，只有店東夫婦兩人。我以為那天人客不多，他們準備休息去也。一問之下，才了解這一次封鎖，包括理髮店都不能營業。我回想上一次不是如此的安排，理髮店如常營業，但服務員必須戴上口罩。這次不同，表示情況有別，而且傳染開來的邦迪海灘，其中包括一間有七百名顧客的理髮店。言猶在耳，沒多久，感染的數字高升，由悉尼東散播到悉尼西，然後是大悉尼地區。

理髮店關門，只好等待封鎖結束後剪髮了。有些人根本認為這些人多的地方高風險。難怪去年我的部分男同事，在網上授課或進行錄影製作時要戴著帽，原來頭髮早就長得嚇人。像英國首相 Boris Johnson 那般蓬鬆得如此自然得體，相信是出門下過

一定疏理功夫，或是要經過特別的髮藝師傅處理。我現在才明白古人所謂「身體髮膚，受諸父母，不敢毀傷」的道理，的確大不易。我每四星期一次的理髮習慣，更可能是叛逆。我常光顧的理髮店，明白我只有一個要求，就是要剪得短。久而久之，我不需要說什麼，坐在座椅上，不同的師傅過來，都懂得如何處理。這次理髮店關上門後，已經超越四個星期的剪髮週期。頭頂上的長髮，很快會為我塑造一個全新形象。原來疫後大家最想做的第一件事情，最可能就是剪髮。

這間理髮店可以純粹剪髮，不用洗頭，價錢也相當合理，我也沒有特定的理髮師。頭髮短，可以剪掉剛變白的頭髮，讓自己看起來不像個老頭。回想起來每次回港約兩星期，都找上母親家附近的理髮師傅來一個洗剪吹全套，把頭髮剪得更加短短的，多年來都是盛惠九十八港元，非常超值。他的理髮店位於村屋二樓，一人主理，但既剪男髮也剪女髮，內裡設備齊全。每次上去，碰巧沒人，坐到椅子上，除下眼鏡，師傅馬上動手起來，先洗淨髮，再剪髮，然後沖洗一次，再吹乾，全程差不多三十到四十分鐘。過程完了，揮揮手又等下一次回港再聚。只有一次例外，那次母親也想剪髮，好不容易扶她走到二樓，門卻關上，可能是休息一天。那時候師傅養了一條狗，狗的體味在冷氣房內特別刺鼻，本來很不想去。既然關了門，於是心安理得走到另間以快速剪髮聞名的連鎖店，用八達通卡付費。師傅只有一人，那次

187

母親剪髮完了，留下我獨自一人走回家。這店我只光顧了一次，和剪髮的技術無關。我想還是比較喜歡光顧建立了感情的店子，跟師傅閒聊家常。可能我的確老了。

初來到悉尼的時候，六年住了五個地方，最短的地方住了半年。其實已經記不起光顧過多少理髮店。記憶中光顧類似的純粹剪頭髮的店，其實也是擔心店裡的衛生。與其要回家再洗一次頭，倒不如不必做理髮全套，也可以省錢。悉尼最便宜的男剪，很可能還在市中心唐人街附近，可能十澳元或十多澳元左右有交易。至於我也曾經光顧我家附近華人社區的一間理髮店。那時候發現男剪十澳元當然有點訝異。裡面確有一位有經驗的漢子，不過其他的剪髮師傅可能技術較為稚嫩。遇不上那漢子，便要賭賭自己的運氣了。剪髮的過程不到五分鐘，師傅剪完了，絕對沒有意思問問你意見，請你盡快離場。但左顧右盼，鏡中的樣子真是自己嗎？好像總是感到不安。搬了家，經朋友介紹，便開始光顧了這間理髮店，才覺得可以放心剪髮，不用擔心長了亂了頭髮，變了另一人的模樣。

頭髮濃密，但白髮漸多，有一次問起現在光顧的理髮店店東師傅，他說把它染黑便可以。我立刻想到「美源髮采」那個經典廣告，有明星招徠，果然萬般困難都有解決的辦法。只不過髮根很快長出花白新頭髮，又要費神時常把它染黑。但我這把年紀，白髮混在黑髮中，跟臉上的皺紋一樣，是歲月的痕跡，只會漸

多，又何必害怕。年輕的時候，看到有些女同事不時把頭髮染成棕色，不以為然，以為是跟風。後來才明白，愛美是天性，可能是有些人頭髮過早變灰白，在同齡的朋友的相處中有點尷尬，才想到這個方法。

　　理髮店暫時關閉，迫不得已。如果繼續開門，萬一有人在這個緊密接觸的空間，把新的變種病毒傳播開來，災情恐怕更不可收拾。我看見理髮店店東趁此機會，在店內四周作修修補補，希望很快可以重新營業，就是最好的策略。我們曾經以為聯邦政府和州政府可能比我們一般人看得更遠，更瞭解大局，能夠帶大家走出這個瘟疫肆虐的世界。事實証明，他們並不比我們高瞻遠矚，也不比我們更聰明，更從來沒有從錯誤中學習過來。世事往往就是如此。

2021.7.12

冬天的步數

○　○　○　○　○

　　一如既往，今年決定再與同事組隊參加一個網上的健康生活比賽，叫 Global Challenge。今年名稱改了叫 Virgin Pulse，因為 Virgin 維珍是主要贊助商，智能手機上的 app 已經直接改成這個名字。遊戲的規則依舊，主要計算每天行走的步數，若有其他運動，也可以轉換為步數計算。每一團隊最多十人，我們只有七人，當然計算總步數時有點吃虧。但如果每人都出一分力，每天勤做運動，也不會過於落後。智能手機的程式的作用，就是紀錄了各人的步數和團隊的總步數，也看到我們在機構內的排名。現時我們團隊的位置，正在中游，總步數接近三百二十萬，位於首位的團隊卻已經超過了五百三十萬。比賽已經過了大半，本月底就結束了。想要追上去，恐怕不易，甚至要進入前十名也幾乎不可能。倒是每天臨睡前看看自己的步數紀錄，証明日間走了些路，間接做了一些運動，起碼比某些人永遠整天坐在椅子上看電腦屏幕好。冬天下午五時多太陽下山，一天的日照的時間只有十小時，霎時便入黑，令人不願意出外走動。不過悉尼的冬季愈來愈暖，除非有幸碰上南極寒流，及時到訪近郊藍山國家公園的幾

個內陸小鎮，否則和白雪紛飛的美景無緣。冬季也恰巧是悉尼的雨季。下雨起來，自然令悉尼的明媚風光和燦爛陽光扣分不少。這一刻，才明白主辦單位維珍安排在冬季舉行這個健康生活比賽的意思。

說起維珍，自然想到此地的維珍航空公司，也是澳洲航空公司 Qantas 的本地市場的強勁對手。悉尼的國內航線機場登機大樓裡，維珍和 Qantas 的櫃位旗鼓相當，証明它有野心爭取更大的市場。我以前也曾乘坐維珍的國際航班回港，貪其機票低廉，機齡較少。但自從廉航間削價競爭，令公司盈利暴跌，維珍只得停飛香港悉尼之間的航班，從此我只有轉為支持澳航。但維珍在澳洲還有電訊，是三大公司之一。我曾是它的互聯網的客戶。但那時候維珍沒有鋪設網路，要倚靠其他的電訊網絡支緩，用戶逐漸增多，但服務及支援無法跟貼。上網經常斷線，給它氣得死去活來，聯絡客戶服務要等一小時以上。最後只好轉到澳洲傳統電訊商 Telstra。

維珍的品牌形象，與創辦人 Richard Branson 的作風不無關係。近日在網上觀看他們四人乘坐 Virgin Galactic 飛船 VSS Unity 號進入太空和重回地球的直播影片。飛船在半空脫離主機，直衝上四萬五千呎的高空。這時候船上的人解開安全帶，在太空邊緣失重狀態下在機艙中飄浮八分鐘。飛船之後安全著陸美國新墨西哥州的基地。Branson 從機艙走出來，掩不住興

191

奮，擁抱兩名趨前歡迎他歸來的孫女，然後踏入大家鼓掌歡呼他的大堂。Branson 圓了他十七年的太空夢，也比另一個億萬富豪 Amazon 的創辦人 Jeff Bezos 早一步踏進太空。兩人年紀相差十多歲：Bezos 現年五十七，Branson 卻已七十一了。但說到商業雄心，Branson 並沒有輸給 Bezos，今次飛近太空，先勝了一仗。他的集團王國多樣化，事業有起跌，有成功也有失敗。至於這盤太空飛行生意，每程票價二十五萬美元，已經有六百名乘客訂了票，將由二〇二二年正式投入服務，但要到二〇三〇年公司才有回報。那時候 Branson 不過八十開外。因此你不能不佩服他的遠見和冒險精神。二〇一四年維珍的飛船試飛發生意外，機師死亡，另一名機師嚴重受傷。即使你有本事燒銀紙，今天的征空歷史時刻，會不會親自披甲上陣？能不考慮和擔心征空的安全嗎？當然若不是做足安全措施，也不會貿然升空。進入太空不是乘坐普通民航，非有良好的健康狀況不行，但 Branson 卻堅持自己的一套。畫面所見，Branson 的外貌不見老態，行動敏捷，雀躍得像個年輕人。這次「平民化」征空之旅，四人各有任務，Branson 的工作正是評估這次升空的準備和過程體驗。

作為愛好攝影的人，我當然會對拍攝太空有興趣，況且也不應該限制自己拍攝的對象。不過升空的旅費其實並不平民化。如果我有三十萬澳元，日常儉樸一點，相信足夠我安穩的在悉尼生活十載八載。有人認為這幾位億萬富豪的征空競賽，展示自己財

力雄厚，大可不必，應該把這些金錢放在其他公益事情上，例如慈善用途等等。如此良好願望成真，當然美好。資本主義的社會中，許多世事儘管未如人意，但起碼有法治和制度可依，你亦有自由對這些富豪的行為表態。

　　Branson 的征空探索告訴我，原來年紀不應是阻擋每個人實現心中美夢的藉口。年輕人有夢，年老的人也可以有夢。Harland Sanders 差不多六十二歲時才申請 KFC 炸雞店的專利，今時今日大家仍然記得這個掛著白鬍子的「上校」的形象。Sanders 沒有戰功，上校之名，是時任肯塔基州長給他的榮譽勳章。記得我的小時候，街上沒有麥當勞，但「家鄉雞」卻在筲箕灣東的筲箕灣道開了分店，旁邊就是一間國貨公司，轉角就是嘉頓餐廳。嘉頓餐廳的位置正好對著從高點往下走的柴灣道。這一段柴灣道是出了名的長命斜，不少重型車輛腳掣失靈，沿斜路經過慈幼學校瘋狂下衝，撞上對面街的店舖，記得一個店前擺攤檔的報販就是如此不幸給活活撞死。有人說「家鄉雞」店在附近開業，說不定也沾了衰氣，無法在這個社區走運起來。我認識的親友當中，只有愛試新鮮事物的舅父買來嚐過。但他不曾與我們分享，只是一臉不屑的說「家鄉雞」有雞味。到底「有雞味」代表新鮮的味道，還是特別的臭味？我不得而知。後來 KFC 在香港捲土重來，也在世界其他地方大行其道，愚蠢的我那時候才知道「家鄉雞」出售的雞，是一件件的炸雞，而非類似燒臘店的半隻

或全隻的豉油雞或者白切雞。

　　KFC 的炸雞，確是飽和脂肪過多，但也視乎吃的是雞的那一部分。諷刺的是，最好吃的東西，往往又未必最健康，配合適當的運動，是否能否令自己的罪咎減少？譬如明知薯條、薯片和麥當勞漢堡包充滿飽和脂肪，無益健康，還是久不久買來吃。這種慾望，在每個人的心裡是潛意識的，像水溝底的污泥，一經攪動，便翻湧上來，許久不能平復。而運動這東西，確是每天的挑戰，州政府現在實施的防疫離家禁令更是新的藉口。

　　冬天應該是寒冷的，而且是還有一個多月到盡頭。想起現今多留在家中工作，真的從來沒有一星期在家中獃得那麼久。久了變累，然後才發現窗外的陽光，從窗簾間透進來。明知風仍凜冽，踏開步，推開門，藍天下的片刻，歲月如流水，即使改變不了扭曲的現狀，我仍然相信仍然堅持，活著寫著我的夢。

2021.7.20

大 疫 年 紀 事

○　○　○　○　○

　　我記得我的書架上有一本企鵝版的《魯賓遜飄流記》（*Robinson Crusoe*），今天遍尋不獲。這本是跟某大學同學交換的，愛書的她用上膠封套，所以很特別。其實這些年來我買書籍的電子版多，實體書反而少。後來才發現電子書還是沒有實體書方便，要靠平版電腦上亞瑪遜的 Kindle 程式打開。電子書書價看似便宜，其實擁有權還在亞瑪遜身上。難怪亞瑪遜創辦人 Jeff Bezos 從太空回到地球，不忘立刻多謝股東和顧客，因為征空的經費，全部來自我們的「無私奉獻」。作為澳洲亞瑪遜的 Prime 客戶數年，我覺得最合適的評價，就是得到免郵費的優惠。至於亞瑪遜的電影，偶有佳作，雷聲大雨點小，遠不及此地 SBS 電視臺的免費 On Demand 頻道多。亞瑪遜本來就是賣實體書起家的企業，書價比其他本地書店稍平，送遞又特別快速。在這個封城的時刻，得到一本書的快樂，有時候超越了吃一頓美食，睡一個甜夢，或者到一趟外地遊行。

　　購買實體書帶來的煩惱，就是如何安置它們，為它們找一個不太壞的家。老實說，我的數個 IKEA 書架早已不成體統，書

籍橫放、直放和斜放都有，跟它們的主人沒有系統很有關係。幸好我最多擺放了裡外兩層，只要稍微移開外層窺探一下，就知道後面放了什麼書。這些年決心擺脫 hoarding 的陋習，只儲存不看的書決心不買，不然就變成許多本地收集癖好的怪人一樣，從房子裡面堆積到屋外，什麼東西也收藏，最後臭味引起鄰居的投訴。即使我用這麼簡單的方法安置書本，也有失敗的時候，以為它在這一層那一端，不過總是找不個正著。我想起好友 Martin，藏書海量，學富五車，相信沒有我這般煩惱吧。

為什麼要找《魯賓遜飄流記》？因為想起它的作者丹尼爾·笛福（Daniel Defoe）。小時候的課外閱讀，都是由笛福的《魯賓遜飄流記》、羅伯·路易斯·史蒂文生（Robert Louis Stevenson）的《金銀島》（*Treasure Island*）和《天方夜譚》這數本「經典」開始的。首先看中文節譯本，然後是英文改寫本。上中學一年級的課外讀本是馬克·吐溫（Mark Twain）的《湯姆歷險記》（*The Adventures of Tom Sawyer*）更是印象深刻。任教的老師特別嚴厲，特別提醒我們要備課，她會在課堂上突擊抽問。剛升上中學，突然遇到上課全用英語，當然準備得非常吃力，而且總不把勸告放在心上。那次課上，由第一行座位問起。我的死黨給問個正著，啞口無言，老師怒上心頭，罰他 kiss the wall ten times，我們呆在當場。這種體罰的創意到今天仍然令人銘記於心。那天不幸接連數個同學都不懂得回答，紛紛站著，

只是再沒有施以吻牆的處罰。到了我的時候，我吞吞吐吐把答案說了出來，老師料不到，還怪責我為何不舉手回答。老實說，全靠數月前小學六年級畢業典禮表演，老師找了幾個同學演出《湯姆歷險記》的片段，我是其中之一，是否飾演湯姆，或是他的好友 Huckleberry，印象全無。但全憑記得幾個場景，才能在此次僥倖脫險。下課之後，死黨和我商量，為免再遇不測，不如惡補一下內容，但短期之內，豈能完全讀懂？後來想到中譯本也許有幫助，於是兩人跑到灣仔修頓球場對面二樓的「南天圖書公司」，買下一本《湯姆歷險記》的英中對照譯本，速讀一遍，有了初步印象，再讀英文，果然為我們渡過難關。後來有人說起店主常常悄悄跟在顧客後面，看看有沒有抓到偷書賊。不過我記得許多書店都在門口提供一個小地方，給顧客放背包。我們乖乖的放下書包，找到書付了錢就馬上離開了，對雅賊的遭遇懵然不知。

論者認為《湯姆歷險記》的成就不及《頑童流浪記》（*The Adventures of Huckleberry Finn*）。但對中一的我，《湯姆歷險記》才是我的至愛。那叛逆的年紀，即使幼稚，正好幻想著書中的湯姆就是那時候的我，母親就是 Aunt Polly。但在現實中我是一個想叛逆也叛逆不出什麼樣子的初中生。其後《金銀島》的故事給電臺改編為廣播劇，陪伴我渡過許多日子。然後閱讀節譯本《魯賓遜飄流記》，才知道是描寫主角魯賓遜在荒島生活了二十八年的故事。據說小說是作者笛福從朋友聽來的經歷，也

有人説是蘇格蘭水手 Alexander Seikirk 的四年荒島生活給予他啟發。但《魯賓遜飄流記》的荒島生活，只約佔了四分之一，其餘説的是主角過的地方：倫敦、非洲、巴西、波斯灣、蘇門答臘、暹羅、孟加拉、馬六甲、澳門，終於來到中國海岸，來到南京，隨法、葡、意三國天主教士往北平，出關經過沙漠進入俄國回到自己的家。魯賓遜的伙伴建議遠離故土的他倆，與其流落異鄉，倒不如找一條的順帶經商的路回國。因為找不到失落的實體書，只好在 Project Gutenberg 閱讀網上全文，看到很有意思的一句，是魯賓遜的友人對他説的話：「The world is in motion, rolling round and round; and all the creatures of God, heavenly bodies and earthly, are busy and vibrant: why should we be idle?」是否很有意思？如果我小時候看到這一句，可能立即熱血澎湃，衝動想到外面闖世界一番。只可惜我要到大學畢業後才有第一次遠行。那時候父母親説起離鄉別井的苦況，總是提及鄰居的兒子行船的經歷，而他最令大家住在木屋區左鄰右里驕傲的成就，就是娶了一個日本女子為妻。有一次看到一個矮瘦的女人蹲在鄰居的門前洗衣服，母親説就是她了。我很奇怪橫看豎看都不像啊，因為那時心中日本婦女的形象，一般都是穿著和服的。

　　生於一六六〇年的笛福如果活在今天，除了寫小説、做記者、當編輯和從事間諜的工作之外，以他如此多才多藝，可能還會做個 YouTuber，在社交媒體上變成網紅。笛福編輯支持政府

的刊物 Review 的時候，寫下有關政治、地理、犯罪、宗教、經濟、婚姻、心理學和迷信的書籍約五百本，可能是中外多產作家的第一人。不過到了現在，他的作品為人熟悉的，還是這本《魯賓遜飄流記》。一七二二年法國馬賽發生瘟疫，笛福抓緊時機，寫了一本半虛構半真實的小說《大疫年紀事》（A Journal of the Plague Year），敘述簡稱 H.F. 的主角在一六六五年倫敦大瘟疫的遭遇。出版頗受歡迎，証明笛福頭腦靈活。書中所寫，與今天對付新冠肺炎疫情的手法不遑多讓：主要還是封閉發生疫症的地方，就是 shutting up of houses。一旦發現患者，政府官員要強制他們留在家中，房子被封鎖，房子裡面的人不能外出。上星期六悉尼市中心有數千人反對封區遊行，表達他們對州政府處理疫情的不滿；十七世紀的倫敦市民，也搞盡腦汁，逃出房子。書的結尾寫到一年將盡，逝者成千上萬，瘟疫消失，主角慶幸生還。

笛福的《大疫年紀事》，大家不妨從小説的角度去看。對照今天的社會，雖然古今有別，但荒謬怪誕如昔。拜倫（Lord Byron）的長詩唐璜（Don Juan）出現過這句：「Tis strange but true, for truth is always strange」，後來變成熟悉的「the truth is stranger than fiction」。

千萬別奇怪，多年後，説不定當大家閱讀這兩年瘟疫蔓延下的人物紀事，還可能以為是虛擬神怪小説的篇章。

2021.7.27
• • • • • • • • • • • • • • • • • • • •

寫寫我的志願

○　○　○　○　○　○

　　許多人都曾經說過，小時候的作文，一定寫過「我的志願」，或者二十三十年後你會變得怎麼樣這一類的文章。我也許寫過，或者是上課時回答過，但記不得寫了說了什麼志願。那個天天顧著發白日夢的年紀，碰到類似人生要走那一條路的問題，只得胡謅一番。同學之中，不少提及做個警察、消防員和醫生等職業，志向非常清晰。現在回想起來，他們早立大志，目標清晰，舊力往前衝，終於圓了第一個夢，實在最好不過。豈像我那麼胡塗，我可能曾經提及想當一個作家。但在我的家庭中，這是一件匪夷所思的事情。母親不識字，唯一能寫出的只有她的名字；父親稍有小學程度，懂少許英文，所以筆耕為生這志願好像非常不切實際。那時候只不過多看書，作文稍為像樣，中文的成績比別人好，大家就定會朝這個方向推想你的將來。中文稍好，除了寫作，大家都認為也可教書，尤其教中文是必然的選擇。我的一個鄰居中學畢業考入了師範學院，讀中文教學，然後回到母校當一個中文老師。他倒是從小便立志，而且很有大決心的那種人。那時候他們家中成立了一所類似今天補習社。有一回課後探

望他，看見他在一堆小孩當中跟父親幫忙兼顧教導的工作，有板有眼，已經很像個老師了，也許這就是所謂耳濡目染的好例子。想起我遇過許多很好中文老師，他們鼓勵我寫作，幫忙修改許多參加徵文比賽的文章，但奇怪我從未想過當教師。那時候根本不知道外面的世界有多大，看書多了，以為就從此懂得了許多人生道理，前面也該有許多路給我選擇。後來才了解自己錯得多厲害。

　　假如沒有早立志又如何？年輕的我大概是其中一個沒有想過畢業後做什麼工作的笨蛋。大學三年級開課後，同學間閒聊如何渡過悠長暑假。一問之下，才知道大家都紛紛考過政府政務官的考試，正在等待結果。回顧自己，竟然沒有想過大半年後畢業時究竟怎樣，完全沒有留意這些在職業輔導處消息。不過一切都彷彿太遲了。我唯有對著他們苦笑，心底裡發毛。心想為什麼別人已經為自己鋪了一條光明的前路，而我還在無知的享受最後一年的大學生涯，在茫茫中，依照若有若無、若隱若現的前路前行。我開始明白所謂人生的成敗，無關乎起跑線，而是可能就在這些關鍵細節上。到了差不多五月畢業考試前，看到同學報讀考試後開課的兼讀教育文憑，心想這次必須不容有失，跟著報名。這時候才終於有點計劃一下自己的將來。兼讀的意思，是立即投入連續兩個月的密集式每天上課，給準教師一個好的職前預備。隨後實際任教時，每週有兩個下午需要再回來繼續上課，直至完成為

期兩年的在職訓練課程。這一個決定，就像在本來是臺下的觀眾的你，終於到了那片刻要瀟灑地踏上舞臺，演一齣自己做主角的戲，而其他臺下的人也正在看著你上演的好戲。

原來畢業後的計劃不是這樣。我記得曾經跟一個教授提過，要跟他做學術研究。那天在他的辦公室裡跟他說起我報讀了教育文憑，才發覺自己犯了大錯。原來我沒有搞清楚，我是不能同一時間在一間大學報讀兩個不同的學位課程。結果教授淡然對我說，讀完教育文憑再來找我吧。可是我當了老師了不久，開始慢慢喜歡這一份教學的工作，後來更加記不起那兩年之約了。回想起來，教授可能已經早知道我不會放棄這個教育文憑課程，也極有可能太瞭解我的研究根本不及水準，要勉強不來，便坦白對我說清楚，免得有任何奢望。那一次離開，慢慢沿着長長的學院樓梯走下來，才知道與學術研究這個夢漸行漸遠。那一刻有點捨不得，掩飾不住失望，但也不由得我想太多了。

許多日本劇集裡，主角的一生安穩安份在一個機構工作，從年輕到年老，然後退休。不過人生總有不稱意的時候，一旦面臨公司裁員，生活便出現大問題。日本導演黑澤清（Kiyoshi Kurosawa）的電影《東京奏鳴曲》的情節，就是二〇〇七至二〇〇九年間全球金融風暴下的一個普通人日常生活的寫照。香川照之飾演的大公司總務課長佐佐木龍平突然被公司裁員而失業，為了不讓家人知道，依舊每天衣著光鮮，假裝上班，發薪日拿薪

金回家。有一次在領取救濟午餐的地方碰上舊同學，因此結伴在一起，後來更邀請他到家中在家人前做一齣戲，表示自己仍在上班，受到重用，每天都很忙碌。後來好一陣子不見舊同學，前往到訪才知道他對前途感到灰暗，早已輕生了。電影中的佐佐木龍平的遭遇，並非特殊，很多現在還在悉尼市中心近火車站露宿街頭的人，不少曾經是大跨國公司的高層，給辭退後無法找到工作，甚至棲身的地方也沒有。窮的意思，既指沒有分文，也指走到生活的末路。你無法相像人最脆弱的時候會這樣：打擊得太重，從此再無法振作起來。《東京奏鳴曲》有個美滿的結局，佐佐木一家又愉快地在一起生活，現實卻往往並非如此。電影確是夢。趁看電影逃避一下，讓緊張的自己有一個喘息的空間，其實很有道理。

回想起來，如果留在香港繼續工作下去，現在的我究竟是怎樣？一切都不會重頭開始，我也不會再有另一個人生的選擇。不過我的一個上司曾經教懂我 if you please everyone, you please no one，慢慢懂得這句話原來是真理。多年前的成長回憶，現在當然逐漸模糊了，勉強要記起來，總是有點像柔化的拍攝效果，又像低清的影片，似虛又似真。與其寫過去，寫今天這個世代更有意思，尤其在瘟疫肆虐的一年多裡的千奇百怪的人和事。今天剛好閱讀 Norman Swan 寫的書 *So You Think You Know What's Good For You*，裡面輕輕帶過他在蘇爾蘭 Glasgow 的童年，如

何影響他選擇醫生作為職業，又如何變成一個澳洲知名的在各大媒體經常出現的醫生。這次瘟疫他一樣大出風頭，曾經在澳洲廣播公司的電視臺頻道上向大家提供抗疫貼士，甚至在政府的有關新冠肺炎疫情資訊中出現。在大學他讀醫科的時候才驚覺，自己生長的地方，窮人和富人的平均壽數相差二十五年。知識不足、窮得沒有錢去買有營養的食物和人云亦云的生活態度，都是其中的主要原因，也因此激發他寫下這本由自己生活習慣說起的書。

瘟疫蔓延下，假訊息紛飛，大家把傳來的消息，看也不看，就繼續傳開去。政客比瘟疫更可怕的地方，就是信口開河又不相信科學。這份工不需要什麼學歷，靠把口；有名有利，退休後又有津貼。如果自己還年輕，寫我的志願，不妨抒懷一下，為什麼不考慮從政？

2021.8.5

瘟疫下的東京奧運

○　○　○　○　○　○　○　○

　　由七月開始的大悉尼地區瘟疫封鎖，如今踏進第七個星期了。

　　大悉尼的範圍，粗略由悉尼市中心算起，北到中央海岸（Central Coast），南到臥龍崗（Wollongong），西近藍山。新州的遠北，例如大城市紐卡素（Newcastle）、獵人谷（Hunter Valley）和 Tamworth 區，現在也不能倖免於難。有一個帶病毒者由悉尼走來進這些社區，先後感染十多人，原來這個人從來不相信新冠肺炎肆虐這回事，既無注射疫苗，與人接觸又沒有戴上口罩。州政府匆匆下令封鎖七天，那裡居民全部都不能離家超過十公里。至於我的社區，其實南部屬於重災區，我的小社區沒有爆發熱點，但行政命令一視同仁，規定不能超出圓周五公里，更不能回到公司上班，只能在家工作。外出五公里之內，都要戴上口罩。住在房子，尚可由房間走到書房，走出前院，走回後院，來來回回，一天可以踏出四千五千多步。住在大廈單位，也可在附近街上逛逛。算不算做過運動，你自行決定好了。健身中心全關上大門，想到也不行。澳洲的權威醫生 Norman Swan 說

過，到健身中心的男女，健康不是目標。他們誓要操練得有個優美的體態，男士更要練出六塊腹肌。這個猛男形象，就像七號電視臺的長壽劇集 *Home and Away* 中沙灘上奔跑海水中衝浪的男主角，隨時隨地要展露強壯的肌肉。如果講究健康，在家附近走動走動就可以了，所以應該不在乎健身中心關門不關門。這段日子，不要奇怪日間我家門前不斷經過的閒步的人和放狗的人，較駛過的汽車還多。

感染人數居高不下，真的不知道現行的地區封鎖禁令究竟還有什麼效用？前天錄得新高三百五十六宗感染，今天三百四十四宗，全是本地傳播，其中有九十多人還是檢測前活躍於社區，証明所謂封鎖，鎖不住這些四處跑的人。原則上這些人都是要有危急的理由，或是特殊的工作類別才可離家。至於接近一百五十七宗的感染，政府說找不到它們的源頭，真的是莫名其妙。可能的是新州的某些居民的血液裡有一種鎖不住的沟湧，對制度不理不睬。每天十一時州政府的記者會，主動公佈的感染數字，現在變了例行公事，觀眾更加沒精打彩了。以前不少人例必定等候這個電視臺或者臉書的直播，尤其想盡快知道今天是否比昨天嚴重，感染數字增加了抑或是減少。現在心態卻有點不同。我住在封鎖到八月底的其中一個社區，看不出有什麼疫症緩和的跡象。大家說的都是 lockdown 和封鎖，聽得多煩厭，但卻是最無奈難過的事實。記者會上，政府先宣佈檢測數字，然後再出其不意交

代感染和死亡人數，真是無聊之極。只有在場的記者纏著州長、衛生部長和首席衛生官不斷追問之下，真相逐漸揭露出來。原來經過反覆交义盤問，大家才發現許多政策不一致，有不少可爭議之處，封鎖的時間及執行的方法更引起非議。在一片混亂中，值得留意是，因感染新冠肺炎致死的人，已經不限於年紀大或者住在安老院的老人。幾天前一個二十多歲的年輕人突然死在家中。在昏迷之中，他不知道從此一病不起，趕不及告別。數字顯示，在新州醫院深切治療部的肺炎病人，竟然有八十多人，單在西部的 Nepean 醫院，已有三十人，變成了重災區。據說有不少離開深切治療部的病人，還要在普通病房內繼續留醫。情況的確令人擔心。

我最後一天回到辦公室是七月二十八日星期三，只容許我逗留一小時。匆匆拿了東西就離開了。這兩星期，據說有人冒險潛回工作，所以管理層非常震怒，州政府也覺得大學沒有跟隨其他的企業或超市，切實執行禁令。據說其他大學的保安非常嚴格，即使容許回到辦公室，保安一定尾隨其後，確保在視線範圍之內，完成必須的工作後馬上離開。即是説不容許自由逗留。這種嚴格的規定，我們從來未遇上過，但相信只有限制大家流動，才有希望防止瘟疫擴散。我們已經煞停了大型體育活動，就是希望減少人群聚集，甚至參加澳式欖球聯賽（AFL）的新州隊伍，早已飛往昆士蘭州進行本季的餘下賽事，並且帶同伴侶或者一家大小。這樣為比賽球員身心健康考慮周全的計劃，令球員集中比

賽，無後顧之憂，非常之有澳洲風格。相信在這場瘟疫之中，最受到保障的是這些球員，沒有聽聞有什麼隊伍因為經濟問題解散。至於他們受到的待遇，可能早已經寫在合約之中，並非特殊。澳洲的欖球賽差不多是新聞中體育消息的主角，奇怪在最近東京奧運會中，我們男女子七人欖球隊鎩羽而歸，可能精英都留在本地職業聯賽之中。到底為國爭光要緊，還是打工要緊？每人心中都有分數。

　　星期日晚上觀看這次東京奧運閉幕，觀眾席上空無一人，背景的喧鬧聲來自幕後製作。想起村上春樹寫悉尼奧運會閉幕：一如事前預想，無聊。是否這樣？二〇〇〇年我還未在悉尼安居下來，不能置喙一詞，又不能找錄影重頭看一遍。唯一大家記得的是，奧運之後，悉尼好像一個衝過終點的短跑運動員，取得冠軍。美其名是為自己的美滿成績畫上句號，可能認為不必再努力下去了。時任州長工黨的 Bob Carr 於二〇〇五年下臺，由 Morris Iemma 接任，其後換了數人，直到二〇一一年反對黨上場才大興土木。這次奧運閉幕，無聊算不上，稍嫌過長。開場時各國持旗手進場，此地七號電視臺的女旁述說奏出了小津電影《東京物語》的音樂，但我印象全無，可能太久沒有重看了。最熟悉的反而是當樂隊 Tokyo Ska Paradise Orchestra 奏出日本六十年代歌手坂本九的歌《Sukiyaki》。坂本九這首名作本來的意思是「昂首向前走」。在英國推出唱片時，為了大家易記，

取了與原來意思全無的《Sukiyaki》。後來更在一九六三年美國 Billboard 音樂流行榜連續三星期蟬聯首一百名歌曲的冠軍。

各國運動員和代表在閉幕歡慶中，可能感覺不到一點熱鬧的氣氛。其中一段由大家手機的屏幕的聚集而成半空中的奧運五環標誌，原來只是特技效果，只有在電視前的我們看到，更加顯得在映像的世界無所謂真與假。如果要做得徹底，觀眾席上的觀眾也可以用特技的效果加上去，弄得熱熱鬧鬧，興高采烈。幸好大會沒有這樣做，讓瘟疫下的奧運謝幕也有一些真。反而場館外圍有很多人不顧病毒的威脅，走來向跟這場盛宴告別。

研究小津安二郎電影專家 Donald Richie 寫過東京，這本出版於一九九九年出版的書，就叫做 *Tokyo：A View of the City*。Richie 的東京印象是：一個沒有什麼固定風格的城市。今天看來，可能並沒有多大的改變。東京在瘟疫肆虐中辦了一個成功的奧運，而且官方公佈，在十七日的賽事舉行中，只有五百十一宗感染個案，原來較我們新州兩天的總和還要少，証明東京對付瘟疫有良方妙策，奧運也舉行得很合時。

假如瘟疫消失，我想立即再訪的城市，一定少不了日本的東京。

2021.8.16
●●●●●●●●●●●●●●●●●●●●

明天會更好？

○　○　○　○　○

　　看到幾位朋友在 Facebook 上談起上世紀七八十年代的薪金，不禁想起大學畢業後當了中學學位教師，任教了一個月後得到的報酬來。如果我沒有記錯，一九八二年九月底，我的銀行存摺上新增的數字，是四千八百六十元。這個薪金，是屬於學位教師的起薪點。學位教師，是擁有大學學位的教師，叫 Graduate Master/Mistress，簡稱 GM；另外也有從師範學院畢業的老師，叫文憑教師 Certificated Master/Mistress，簡稱 CM。學歷有別，學位教師比文憑教師的薪金有一段距離。一間中學的學位教師和文憑教師的數目多少，都是編制所訂，視乎學生人數和班級。那時候適逢人口增長，大量學校在公共屋邨落成，出現了不少教席。後來教席少，求職人多，有大學畢業生低就出任文憑教師，薪金當然打了折扣。後來趁有學位教師空缺，另謀高就。我是幸運的一輩，畢業後立即找到工作，面試也只有一次，幾天後我知道受聘了。

　　我把第一個月的薪金的一部分拿了出來，買了人生的第二部相機。相機是 Canon 的 AE-1 Program，陪我買的人是鄺銳

強兄。我很少提及朋友名稱，全因為交遊不廣，不曉得應否韜別人的光。銳強兄和我是大學同學。論攝影，他確是前輩，武功深厚，也是我的啟蒙。那時候畢業生人數眾多，典禮在灣仔伊利沙白體育館舉行，為了和父母親留下美好回憶，就決定買一部相機。銳強兄介紹這部相機，的確是入門的好選擇，還認真跟他討論了好一會才下這個決定。相機是在旺角萬成舊舖買的，萬成後來遷到旺角另一條街道，鋪面比舊的大了兩倍有多。萬成和永成兩間攝影器材公司是相當受歡迎的店，相信是家族生意，以前沒有百老匯和豐澤，旺角的相機店中它們較具規模。我想應該還有些獨立店鋪在那一帶，但因為不常去，不記得名字。稍遠有油麻地的九龍生活，但似乎不太方便，也不想由旺角走到那裡格價。那次買相機，不記得除了機身之外，買的是否 35-70mm 的變焦鏡，還是定焦鏡。這個配搭除了適合我這個初學者之外，價錢尚不算貴。Canon 那時候中文名叫錦囊，給我找到在尖沙咀新港中心商場有一個小型陳列室，裡面有不少紀念品出售，包括電子鐘、旅行鬍刨、T 恤、書籍和小配件，只是沒有出售相機和鏡頭，是一個小眾的聚腳點。我偶爾走進去瞄瞄，看看有沒有新奇的產品。到今天我出外旅遊，隨身攜帶的電動鬍刨，正是那時在錦囊中心買的，只用一枚 AA 電池驅動單頭剃刀，功能不減。

　　我的第三部相機是 Canon 的 New F-1，是一部全手動的機械相機，可能在大半年後在萬成買的。這部相機的機身價格是

四千八百六十大元，正好是我一個月的薪金，價格在不同店舖中有差異，相當正常，甚至有炒價的現象。那時候相機似乎還是較便宜，Canon F-1 是旗艦機，生活儉樸一點尚可省錢購買。今天 Canon 的旗艦數碼相機機身要數萬港元一部，遠超一個月的學位教師的起薪點，實在不便宜。相對而言，學位教師的第一級薪金，沒有隨時日攀升，反而減少。但印象中生活指數從未下跌過，只能說，相機作為「敗家」的玩意，確是到了另一個高層次。而且為了刺激消費，各大相機廠相隔數年便推出新型號相機，如果要追逐新玩意，無財不行。以前一個 Canon 港區相機部的高層曾經用手槍子彈做譬喻，說 Canon 出產的相機好比手槍，一定要裝上子彈才能發射。那時候柯達（Kodak）、富士（Fuji）都是流行的菲林牌子，還有愛克發（Agfa）、櫻花／柯尼卡（Sakura/Konica）和伊爾福（Ilford）。但數碼年代來臨，相機的感光元件代替了菲林。菲林兩巨人之一柯達倒下了，富士卻巧妙地活過來，還推出不少好的 35mm 和中片幅相機，和其他相機大牌子競爭。

說起來，我的第一部相機，來自我的母親。中五夏天，母親為我找到一份暑期工，就是在她的上班的工廠做裝配員。那時才知道這間十多個員工的工廠生產一部頗像樣的外銷塑膠相機。相機上只有一個小彈簧控制快門開關，也有一個撥桿調校拍攝的環境是晴天、陰天、烈日當頭或在樹蔭下。這個調校，和一般

菲林盒子上的曝光建議很相似，不用複雜的搞一頓如何配合快門和光圈。我曾經用這部小相機，拍了一些旅遊海洋公園的照片。它的塑膠鏡頭拍到一些略帶朦朧的顏色，但算是有層次，絕對可以接受。我還把數張合照沖曬出來給同學。他們都很滿意。那年頭，我根本不知道什麼叫相機。大家也不像現在，隨時隨地拿出手機來拍照。攝影這個昂貴玩意，也關乎購買菲林和花在沖印相片的費用上，不像現在，大家可以隨便按下打門，不必害怕拍下壞照片，即使不滿意也可以輕鬆從記憶卡上移除。因此有人說所以大家不認真構圖。對我而言，我的拍攝方法跟以前也沒有多大分別。一下一下按下快門，而不是連續數張。對這張不滿意，多拍一張作後備，以免錯過了這個機會。至於那個暑期工的工資，我毫無印象。但記得工廠的老闆對員工很不錯。母親第一次坐飛機，就是由廠方安排的廈門旅遊。工廠特別停工一週，讓全部員工可以安心參加，非常有人情味。

　　教師的工資，隨後有數年調整得厲害，其實跟隨的是公務員加薪，有幾回還是追加。許多人覺得是工作穩定，除了升職，按步就班，收入可能不及在其他行業多。不少人教了一兩年書，沒有興趣等下去，便離開教學崗位。我從未在教育界外任職，無法和其他行業的薪酬比較。最近看粵語舊片《大丈夫日記》，電影中「雙田洋行」的老闆想親近女職員，動之以利誘，説如果她願意當秘書，可以得到每月薪金一千元。這部於一九六四年上映的電影，描寫當時

洋行員工的辦公室情況，不應該離開現實太遠。網上找到一份舊日香港政府的檔案，文中提到那時候電車司機的平均日薪約為七元，鞋匠較高，約為十二元。當然商界工資跟勞工待遇不一樣，但一千元確是超現實的大誘惑，教人不能不向錢看。

《大丈夫日記》是一齣喜劇，對白風趣，張英才和丁瑩飾演小夫妻，也有親切感。電影中除了片頭的短短街景，其餘都該是廠景拍攝。看到這對小夫妻的家，一點也不小，還有傭人打理家務和弄三餐，可能是小康之上的生活。現實中卻相反，多年以後香港人的生活空間愈來愈狹窄，更有劏房名正言順出現，為官者竟然不以為恥。電影不一定要寫實，但原來現實和夢想之間的距離，有如鴻溝。中一那年，開課的書單盛惠三百元，母親說差不多接近父親的一個月的月薪，貴得令人咋舌。學校離家遠，父母給我車錢午飯錢，一碟菜遠牛肉飯一元八角。這些都是不能忘記的瑣事。

明天會更好？這首羅大佑的流行歌曲，許多年前聽過多次，現在又再聽，聽著聽著，原來有另一層的意思。歌是這樣唱，但大家都知道，明天還會繼續，生活糟透還是活下去。眼下滿目瘡痍，瘟疫折騰下的世界充滿悲傷。懷念從前，因為新不如舊，明天多無奈。

2021.8.16

五 公 里 半 徑

○　○　○　○　○

　　近日大家掛在口邊的一句：5km radius，就是由家算起五公里半徑的意思。因為有這句，大家頓時變成了地圖的專家，認真起來。谷歌地圖或蘋果智能手機上的地圖程式，現在成了一個妥當的參考。我用過蘋果手機的地圖程式，它機智地知道我的落腳位置，例如我的車子泊近那條街道上的門牌，衛星定位相當準確。那麼我即使在這個大城市迷路，我還有方法找到我的車，一點也不費神。悉尼市中心以外的鄉鎮，每條街道和房子都差不多，我有個朋友來到這裡住了兩年，一直說這裡的房子很漂亮，但我不以為然。許多人在西部平原和西北部新開發的土地上蓋新房子，整整齊齊，款式相近，有前院後院和紅紅的屋頂。地產公司的廣告使用航拍機，從半空下望，樹木矮小，井然有序，令人非常心動，不像舊區的房子四周林木叢生，枝葉過於蕪亂。我喜歡家居遠離商戶和火車站。講求交通方便，距離一公里左右最理想。現在我住的房子，徒步往火車站不過十分鐘，算是個安靜的小區，日間除了經過的汽車，還有鄰居的練習樂器、不時刈草機開動的聲音和鳥鳴。在寧靜的晚上，偶爾聽到緩緩駛過的上下行

貨運列車，從遠處來，又駛向遠處。

　　要準確知道五公里半徑大小，可以在網絡上搜索這一句。搜尋結果排名的首位，便會出現一個網上的地圖連結。打開連結，網站會主動偵察你所在的位置，然後立刻顯示你搜索五公里半徑的範圍。你亦可以改變到較短或較長的範圍作其他搜尋。這個網站主人，會否因為瀏覽和使用者增加，得到多些報酬？細心的你在網頁底看見「Buy Us a coffee」的字句，就會知道設計者的心思。如果你覺得有幫助，不妨給予一些打賞。這個叫2kmfromhome 的網站，由今年三月二十八日上線以來，從根據地愛爾蘭開始，擴展到澳洲、馬來西亞、泰國、越南、西班牙、法國和南非等地，直至八月已經有超過九百萬人使用過。使用它的原因，就是想知道在封鎖令下，自己區域的活動空間有多少。這段時間，大部分住在悉尼的人的活動空間，不能超過五公里。去年墨爾本最嚴格，曾經限制過居民外出不能超過二公里半徑。今次悉尼雖然維持活動範圍在五公里以內，但附帶了許多嚴厲的規定，例如外出做運動的時間，將由八月二十三日星期一開始削減為一小時。

　　新州政府宣佈直至昨晚八時感染人數為八百一十八人，三人死亡。對比昨天英國的感染數字是三萬二千零五十八宗，死者一百零四，似乎沒有那麼嚴重。朋友在臉書上分享的曼城市中心的錄像，看到大家已經走上街頭，回復正常的生活，戴上口罩的

人寥寥可數。是否因為我們位處南半球,對小小的數字升幅過份敏感?英國全國差不多主要注射 AstraZeneca 疫苗,十六歲以上接種兩劑疫苗的人數已經接近百分之七十六點三。至於我們聯邦政府提供的疫苗是 AstraZeneac 和 Pfizer,但目前接種過兩劑疫苗的人,只有百分之三十,接種了第一劑疫苗的人數僅為百分之五十三。由此看來,澳洲的疫苗注射的人數過低。感染人數屢創新高,反而令我們醒覺防疫的關鍵不在於與世界隔絕。在暫時沒有有效藥物的情況下,注射疫苗反而是對抗疫情擴散的唯一辦法。

　　普遍澳洲人對疫苗接種的積極態度,姍姍來遲,不像追逐潮流玩意那麼緊貼。該應怪責聯邦政府欠缺長遠的接種計劃:最初曾經叫大家不用心急,政府會按年齡分由六十歲以上先行。到如今則集中於年輕的一輩。一度大量供應的 AstraZeneca 疫苗,由於有十多人接種後血管栓塞死亡,不少人現在對它避之則吉。大家的心中的最佳選擇,就是能夠接種沒有什麼負面新聞的 Pfizer 疫苗。Pfizer 疫苗先初供應不足,要輪候一段頗長時間,直到聯邦政府給新州的疫情嚇得慌亂,四出找尋,最後聯絡到波蘭政府,把一批快要過期的疫苗匆匆運到澳洲應急。現時十六歲至五十九歲、住在十個封鎖地區的居民,州政府都提供 Pfizer 疫苗和 AstraZeneca,當然大家選擇的,依舊是 Pfizer。六十歲或以上的人,別無選擇,只得選擇 AstraZeneca 疫苗。到底染上新冠肺炎或者接種了 AstraZeneca 疫苗兩者之間,誰更令人

害怕？聽說有些人寧願選擇留在家裡，半步不出門，消極對抗瘟疫。這樣做，既不怕給別人傳染，又可以等到 Pflizer 供應充足，遍及老幼，才作考慮，未嘗是一個像樣的辦法。但失去了自由，長久獃在家裡，會不會令自己的心情更低落？

　　由於 Pfizer 是首選，所以出現了許多光怪陸離的現象。數星期前一個在 Campsie 區的醫生診所門前，貼出了告示，表示大家可以到此接種 Pfizer 疫苗，只收取數百元診症費。上週州政府讓疫情嚴峻的社區分享接種 Pfizer 疫苗的訊息，但不旋踵這個美好的訊息出現在一個以華人為主的手機程式內，而且分享者需要付出三百澳元才得到優先接種，有如那個趁火打劫醫生收取的診症費。其實疫苗免費，訊息也是免費，這樣做是犯法。但許多在本地生活的人，從來不接觸州政府在各種渠道直接發放的訊息，大家只是通過群組之間以訛傳訛。怪不得州政府要不斷和社區領袖聯絡，希望把正確的消息用族群本身的語言傳開去。昆士蘭州大學的一個報告指出，在疫情肆虐期間，百分之七十三人的受訪者首先通過社交媒體接觸資訊，最普遍是 Facebook，其次才從電視。所以我已經謝絕朋友手機傳來來源不明的訊息，有些訊息上清楚標明「forwarded many times」，更是「好極有限」，要特別趕快刪除。

　　瘟疫蔓延，我們要抵抗的不單止是病毒，更是錯誤的資訊。資訊其實多得亂得怕人。即使五公里半徑這個封鎖令，竟然也

有不同的演繹，各自發揮。州政府的政令和媒體的解讀也很有趣。這五公里半徑，是否止於你住的社區周邊，也有爭議：到底可否在五公里半徑範圍內越區？不過現在也許不重要了，封鎖令之外，今天開始晚上九時至翌日早上五時戒嚴，居民不准外出。我住的社區，見樹多於見人，戒嚴相信沒有什麼特別好成效。不過還是警務處長最精彩。他說過請大家別向他投訴。如果大家違法，他和同事別無他法，只好發出告票，法庭再見。

　　州政府的網站上，違法的罰款條文寫得清清楚楚，具體的執行總有差異。在五公里半徑的範圍內走遍，有足夠的空間給你伸伸手腳。州政府特別增加警員巡查和軍隊協助，看看大家是否遵守禁令。老實說，乖乖聽話的人是大多數，但不時看見週末遊行示威，抗議封鎖，也有大群人偷偷地出席宗教活動和喪禮，認為是他們的自由。也許就是叛逆的血液，令感染的人不斷上升。不過在遊行抗議的人當中，有年輕人的叛逆，有老年人的叛逆，有無知、有天真，有固執，有魯莽，有思想極端，也有宣洩對掌權者施政胡塗混亂的怒火。這五公里半徑的規定，來得很不合時宜，跟冬去春來，大街小巷、每家每戶的前院後院的繁花綻放對比，無一不是諷刺。

五公里半徑

2021.8.29
• • • • • • • • • • • • • • • • • • • •

玉蘭和木蘭

○　○　○　○　○

　　前院的玉蘭今年開得特別燦爛，令人看得感動。根據維基百科，玉蘭有二百一十個品種。我們的玉蘭樹，根據圖像，屬於紫木蘭。玉蘭的英文名叫 Magnolia，用於紀念十七世紀法國植物學家 Pierre Magnol。Magnol 的偉大貢獻在發明了植物的分類和族群。對我這個植物盲來說，本來根本分不清楚這花那花、這草那草、這樹那樹的名稱，不過在悉尼生活了十多年，房子前後院的幾株樹，都逐漸叫得出這個哪個名字。加上喜歡拍攝花朵，在電腦上處理圖片加上標籤，不能不瞭解一些常見的花、草和樹。否則所有花都標籤花，反而找不到各自的特性和形態。想到這有如新認識的同事和朋友，不能永遠的暗地叫「他」和「她」，有時不免覺得很不禮貌。至於記不得別人的名字更是常有的事，我以為這是自己開始踏入老年的特徵：腦筋遲鈍，口開張半天，說不出你你你是誰來，尷尬得很。我的澳洲朋友也有同樣的煩惱，對方匆匆說了一遍，霎時間便忘了。但他比我年輕二十載，恐怕不是像我接近老人癡呆吧。我跟他談起，才知道我們有同樣的問題。我後來想到一個簡單解決的辦法：就是要把名字牢牢記住，

一定要在最初的時候，刻意反覆使用使用對方的名字。那次接種第二劑疫苗，來了一位護士，來來回回問了許多問題，其實是要証實我是否那個登記接種的人，也要我清楚明白接種疫苗的意願和後果。如果不了解這是職責，就會以為她在找麻煩，刁難你。我看見她貼在胸前的名牌，牢記著她的名字，然後回答時直接稱呼她。這樣做是訓練自己緊記對方名字，而且也讓她知道你是知道到她不是一個隨便走進來的醫護。在如此短短的疫苗接種過程中，我們談得非常愉快。你也不必奇怪，到如今，我還記得她叫Fiona。

　　環顧附近一帶，春天盛放的花之中，玉蘭絕對不是小眾。花朵鮮豔的顏色在晴朗一天的陽光下閃爍，叫人禁不住留神一看。相反對戶門前的兩株桃花和近小學路旁的三株桃花，花朵差不多開盡，最美麗的時光過去，終於凋謝，留下一地的落英，証明熱鬧繁華只有瞬間，最後留下一點戀棧的痕跡。這一年多來，人間極目傷心。今年七月瘟疫再爆發開來，至今死了一百五十多人，看來生活如常，悲傷還要繼續。這個星期是冬末最後數天，日間天氣普遍暖和，許多時花不用掩飾，紛紛開放。玉蘭樹比新州常見的桉樹，一般長得不算高，但樹冠卻張開來。人家院中的純白的玉蘭，短肥花瓣的二喬玉蘭，都在半個月前盛開過了。但我們的玉蘭花開，例必姍姍來遲。一般來說玉蘭花落下，葉子才豐盈的長出來。不過有數年我們的玉蘭只長出寥寥三三兩兩的花朵，

夾在綠葉叢中，沒什麼留意之下，轉瞬間春天便大搖大擺到來。說明花開葉長，可能和那一年氣候有關，只是我們太大意，以為萬物有序是必然。資料來源說玉蘭最早於二千萬年前在地球上存活，在新州廣泛發現的品種，可能只是其中一小撮，更不是本土植物，相信是從其他大陸遷徙過來。我終於認識 Magnolia 這名字，是由拍攝了不少它的花朵照片開始。幸運的是，今年的這株讓我拍攝了十多天的紫玉蘭花，雖然花瓣開始慢慢脫落，還是那樣子健康活著。

　　說起 Magnolia 玉蘭，我常常錯誤翻譯為木蘭，不期然想起讀過的《木蘭辭》。這首辭其實是敘事詩，大家也對故事耳熟能詳。《木蘭辭》中的主角花木蘭從軍故事，發酵成為不少的動畫和電影。迪士尼二〇二〇年拍的版本名字用譯音叫做《Mulan》。IMDb 網站的觀眾給它 5.7 分。五分以上，不算爛片，但投資了二億，票房只收回七千萬。我反而想看卜萬蒼一九三九年拍的《木蘭從軍》。電影中的花木蘭，要顧及主角的形象和市場，其實是一齣戲，大膽創造就夠了。像電影《正義聯盟》（*Justice League*）裡，Gal Gadot 飾演的 Wonder Woman，其實是她自己的形象的再生，不然一個力大無窮的女子，豈能那麼女性化。你不妨看奧運會中的某些女子田徑選手，大部分雄赳赳像男兒。今年網上盛傳許多女運動員原是男身，以為精彩的故事陸續有來，到頭來反而不見她／他在獎牌榜上，世事真是太奇怪。

《木蘭辭》是南北朝的詩歌，作者不可考。但木蘭從軍，女子作男兒，歷史上也可能並非唯一的一個。詩中說木蘭代父出征的主意既定，便要各處張羅。裡面敘述她到過東南西北四個市集購物，純屬詩歌描寫手法，亦有可能是事實。但從軍前要自己搜集裝備和工具，的確有如現今的 BYOD（bring your own device），可見當時強迫服役的苦況。當然大家總是把問題放在從軍十二年，為何同袍雌雄莫辨？為何不被發現是女兒身？所以全詩的結尾四句是畫龍點睛，意思清楚不過。即使是有許多的懷疑，那時候讀書，詩是這樣寫，老師這樣解釋，就想當然了。以前讀古典詩辭課文，必有課堂上默書，即使是「不求甚解」，竟然到現在還可以背誦出《木蘭辭》九成以上。

　　像我這個年紀的一代，中學讀的課外偵探小說，一定看過「女黑俠木蘭花」。因為學校圖書館藏書較少，隔一個星期六，我便跑到大會堂成人圖書館碰運氣。早上的行程大概如此：首先從圖書館借出厚厚一冊書例如《中國新文學大系》捧著，然後趁還有些時間，不直接在大會堂門前乘搭巴士，而是沿海旁添馬艦行人路步行，經過紅十字會總部，往灣仔軒尼詩道逛書店。那時候想逛的只是近修頓球場附近的長興書局，為的是想買一本剛出版的「女黑俠木蘭花」系列的小說。長興書局在地下，門前又有個巴士站，回家很方便。其實即使由大會堂搭車過來，也不過是三四個車站，但步行可以省錢。當時不知道作者魏力是誰，現

在大家都知道是倪匡的一個筆名。什麼雜書都看的年紀，情節曲折就夠了。家中沒有電視，借來買來的書都讀得很快。後來看到《無名怪屍》，相信是系列的尾聲了。等不到「木蘭花」新作，順手找些馬雲寫的「鐵拐俠盜」系列來看，看了一兩本，感覺很不一樣，後來回想起來，興趣不同，原來中學日子早已經遠去了。

我的數本「女黑俠木蘭花」小說的最後歸宿，可能輾轉在同學手上，或者數次搬家時跟其他書籍一併丟棄了。數年前回港經過灣仔，長興書局奇蹟地還在軒尼詩道。想起買的時候很珍貴，丟掉的時候太隨意。心想如果好好保留它們到今天，是否還有些價值？我不太清楚。我的所謂藏書，多是寫作的前輩和朋友們的贈書，書頁上寫了我的名字，有一段文字因緣。趁玉蘭盛開的季節，翻開書來，回溯年輕時的陽光日子：那個多年前多麼熟悉，又多麼陌生的香港。

2021.9.1
• •

Click and Collect

○○○○ ○　○○○　○○○○○ ○○

大悉尼地區鎖封，晚間宵禁，許多店舖門市關上門，只靠 Click and Collect 營運，即是在公司的網站點選貨品、付錢和按時到領取地點取貨。澳洲的最大的五金店 Bunnings 也被迫採取這樣的銷售模式，以免顧客之間互相感染。這間通常朝七晚七營業的連鎖店，初來的時候不在家附近，無緣一顧。直到買了悉尼市西的一間排屋搬進去，想把那三公尺乘三公尺的後院空間弄得像樣，不能不買些工具，慢慢才認識附近的一間 Bunnings 分店。距離悉尼市以西沿帕拉馬塔（Parramatta）公路的兩旁，主要還是車行、倉庫、名牌 factory outlet、傢俬店和像 Bunnings 那般大的連鎖店。Bunnings 出售的五金用品，對象不單止是家庭，還有許多工匠前來購買。家居的一切修理用品：水電當然齊備，廚房、廁所、油漆物品也一應俱全，甚至園藝和植物，小至一口鏍絲釘都找得到。有一回辦公室要找無線上網的路由器（router）連接電腦，Bunnings 竟然也有出售，而且價錢還很合理。

Bunnings 有一句行銷口號：如果找到賣的更平的，它會給

225

你扣減百分之十。當然我從來沒有行使過這個價格比較。要這樣做，要仔細看清楚條款。在我印象之中，它出售的物品，不算最平，但也不會貴。Click and Collect 是最早自發的預防擴散措施，想令顧客安心購物。不過那時候疫情沒有現今那麼嚴重。就是我那次訂了路由器，駕車到取件處，跟隨程序致電入內，電話中負責人反而叫我直接走進店內取件。他說已經沒有什麼人在外邊等他拿東西出來。我回頭四顧，等待處果然除我的車子外，真是空空如也，大家都不理會店裡的提示，逕自走進去了。那時候勸喻是這樣寫，大家各自表述，規管也不很嚴格。今年倒是州政府行政的命令，不再是店方自己的溫馨提示。觸犯了行政命令，罰款可以是以千元計算。大家試想想，最高五千澳元，差不多是一部半專業級的相機連鏡頭的價錢，或是疫前兩人回港的飛機票。一時魯莽，以身犯險，會不會有些不值得？不過即使是票控，孰真孰假，朋友傳來的圖片，真是大有文章。唯一不能明白的，若果是假的消息，為什麼有人還是那麼樂此不疲，接二連三？唯有說有些人太空閒，又太多壞主意。

　　執行政令的是州警察。不小心犯法，不幸遇上了「有殺錯冇放過」這個措施，只好算你倒霉。現在出外購物，每戶每天只限一人，不能夫妻倆恩恩愛愛齊出動。早兩天遇上鄰居史密夫夫婦打理前院，提及有對老夫婦一併到附近另一個商場，給警察抓個正著，當場票控。既然不是親身經驗，無法証實，只好半信半疑。

新冠肺炎疫情爆發以來，第一個犧牲者的是真相，其次是專業知識。真消息假消息亂飛，每個人都變成了專家，各自詮釋疫情，也以權威的口吻否定種種醫療建議，例如疫苗的效用等。長此下去，相信這些封閉的人的思想，會回到民智初開那個啟蒙時代，但這是二十一世紀啊。我只是感到一臉茫然。

不奇怪部分人不理性，五公里半徑也實在令人非常沮喪。看來對抗疫情的方法已經到了山窮水盡的地步。只有通過即時嚴厲票控，等你親身感受到那份物質的損失，才有效降低那種野蠻而不理後果的獸性。我從來沒有膽量去挑戰權威，只從我實際的感受出發，提醒必須冷靜下來。所以即使感到沮喪，仍要俗套地對自己說，必須歡迎每天的陽光。其實看每天上升的數字就知道，這個新變種病毒確來得迅速，州政府已經放棄了每天提起感染人數，轉而鼓勵接種了疫苗，才有效減低死傷。但感染數字上升，重症的病人需要入院治療，公立醫院的正常服務大受影響。直到九月六日為止，新州因患新冠肺炎住院的總人數為一千零二十三人，其中一百七十二人在深切治療部留醫。

封城期間，除了五金店生意特別好之外，辦公室文儀用品也銷路倍增，例如網上教學用視像鏡頭，就是供不應求。Click and Collect 叫你到取，但不及送貨到家方便，難怪疫情下最忙碌屬於「危急」工作的人，少不了這些速遞員。在澳洲網站購物送貨，很少免費。兩大超市的送貨服務收費，除非你

是 Pensioner。其他網站，你的購物籃需要達到一定數額，才有免費送貨。有時候購物看到結帳時免運費，其實運費已經計算在成本內。我購書一般都是通過亞馬遜（Amazon）網上書店，貪其書種多，送貨夠快，成為會員更有免費送貨優惠。當然經過數年的發展，亞馬遜已經成為澳洲其中一個龐大的網上購物平臺。可是最近澳大利亞廣播公司（Australian Broadcasting Corporation，簡稱 ABC）訪問了十多位合約送貨司機，寫了一篇充滿血淚的報導。結果發現亞瑪遜的送貨服務，其實接近收買人命。報導中的一個亞馬遜合同送遞員，要在四小時送出三十至四十件貨品。這個亞馬遜的合同計劃，叫做 Amazon Flex，譯為「彈性」無不可。原來它的目的只是提供兼職收入，換言之不能靠它生活。四小時的工作報酬，必須要盡快完成。員工超時工作免不了，也擔心顧客投訴。既然要手腳敏捷，無聲無息，逗留在你家門前的時間可能不超過十五秒。當你收到送遞妥當的通知，他們已經離開你的家很遠了。

澳洲亞馬遜網站的顧客，以本地英語讀者為主，所以不必奢望有實體中文書出售。要買臺灣、中國大陸和香港出版的書，只得到訪悉尼市中心 Town Hall 火車站附近的日本紀伊國屋書店（Books Kinokuniya Sydney）。書店在商場二樓，主要出售英文書，中文書和日文書也有不小的角落。可惜它的主力還是在門市售賣實體書，成為會員，購書九折。明白中文繁體簡體書從海外

運來，價錢相當於書本正價加空運郵費。那次澳洲臺灣影展其中一項活動，找來吳明益線上談他的小説《單車失竊記》，建議出席者到紀伊國屋書店購買，先行閱讀。那是首次來到它的網頁，看到它的版面設計，風格與時代脫節，有點失望，不過到訪網站只是訂書，不需要理會得那麼多。可惜我想趁有空到書店逛逛，選擇 Collect 而不是 Deliver。等待通知時，悉尼疫情大爆發，書店由六月二十五日起關門，只有網站瀏覽和送貨仍然維持。我於是希望 Collect 可以改為送貨，但只得用電郵聯絡，結果信息有如泥牛入海。

　　大師余英時最近辭世，記憶中只曾在《明報月刊》讀過他的《紅樓夢的兩個世界》一文，當然非常慚愧。想看電子書的話，亞馬遜網站有數本出售，可以立刻下載。想隨意到本地書店買他的遺作，更是夢想。不料臺灣允晨文化出版的《余英時回憶錄》竟然在紀伊國屋書店網站有貨，原價臺幣三百五十元，網站售價為三十四點六澳元，大喜過望。這次學精了，沒有到店鋪取書，選擇送貨，一星期後書本由 Australia Post 安全送到。其實網站上還有一本《如沐春風：余英時教授的為學與處世》有售，可能讀後對這位著作等身的大學者有進一步的認識。但我還是慶幸選擇先由回憶錄入手，花了一個週末讀畢。故園家國寫得好，令人感到親切；看實體書，更彷彿嗅到紙張的香味。這本書敘述大學者從出生到進入哈佛大學就讀為止、由一九三〇年到一九五五年

Click and Collect

間那個天翻地覆的年代，字裡行間隱隱然看到叫香港的這個南方的前英國殖民地，在中國文化上重要而特殊的歷史位置，實在禁不住再三翻看。

2021.9.1
●●●●●●●●●●●●●●●●●●●●●●

世界不一樣

○　○　○　○　○

　　數天前是九一一恐襲二十週年，時光飛逝，大家都懂得說世事變得快，唯一的是世界沒有變得更好。二十年前那個在香港的晚上，正是紐約的早上。我剛好回家不久，慣常開啟電視機，卻從熒幕上看到新聞不斷重複播放其中一架被騎劫飛機撞上紐約世貿中心的畫面。負責旁白的新聞報導員，只是簡單說這是最新收到的映像，詳細資料要待稍後才能証實。我以為是特技場面，但鏡頭抖動，可能拍攝得緊急，似乎不像是精心設計的畫面。我驚訝得只站在電視前看個究竟。然後陸續看到其他補充的消息，才知道並非虛構的電影。這個精心策劃的恐怖主義行動中，包括兩架飛機撞上世貿中心，一架撞上五角大廈，一架乘客和劫機者拼鬥墜毀於田野，目標差不多美滿完成。事後不少評論認為這個恐襲計劃飛機撞上世貿大樓，是傚法不少荷李活災難電影中的繪影繪聲的情節。恐襲主腦知道詳細的畫面一定會由全球新聞媒體廣泛報導，留給觀眾最恐怖的印象。一個發動對平民和政府設施的喪心病狂攻擊計劃，如此細緻周詳，仍然令人不寒而慄吧。

　　二十年過去了，澳洲大小新聞媒體，不約而同接連數天都

大事報導九一一，也有特輯仔細重溫事件的經過。美國澳洲是盟友，當年小布殊出兵阿富汗，拉攏澳洲，當時總理何華德（John Howard）決定派出軍隊參戰，這麼多年來派駐了二萬六千軍隊，四十一名士兵陣亡。但澳洲士兵在戰場上濫殺阿富汗平民，畢竟是不能掩飾的嚴重罪行。澳大利亞廣播公司（ABC）曾經訪問了一個曾經是個澳洲士兵的告密者，同時播出特種部隊的士兵錄像，揭露一個士兵任意射殺手躲在草叢手無寸鐵的平民。今年六月九日，記者 Mark Willacy 在 ABC 的網站刊登詳盡的報導，紀錄二〇一二年十二月十五日特種部隊空降阿富汗第二大城市 Kandahar 以北，進行殲滅塔利班的任務。直升機在降落期間把地上四散奔逃的十二名農民殺死。執行任務的士兵辯稱農民畏罪逃亡，不能不出此下策。但殺人是不爭的事實，他們的罪行最後交由聯邦警察調查，一名在場的阿富汗農民在訪問的片段中挺身指證，指出屠殺的郊野所在。可惜阿富汗政府已由塔利班接管，曾經出任証人的這個阿富汗人，相信現在已經不知所終。儘管如此，新聞媒體作為制衡的第四權，充分發揮它監督的作用。執政的聯邦政府，當然很不高興。

美國決定撤軍早已有時間表，因為這筆糊塗賬不能永續下去。美聯社為美國政府算一算，的確死傷枕藉：美軍二千四百四十百人死亡，阿富汗軍隊和警察死去六萬六千人，平民四萬七千多人死亡，報導真相的記者死了七十二人。戰爭的總

代價換作金錢，是二萬億的負債，即是二之後再加十二個零。亂灑金錢，總有完結的一日。澳洲的軍隊也在最後的數星期回到阿富汗首都喀布爾機場，接走澳洲僑民和替澳洲軍隊擔任傳譯的阿富汗人。美國這個復仇之戰打了二十年，可謂徒勞無功，証明戰爭沒有勝利的一方。美軍撤走，但承諾繼續為四百萬阿富汗人繼續提供人道援助包括醫療、傷殘和殮葬的費用，又要二萬億美元找數，泥足深陷，雖然未足以拖累經濟，走確是上計，不過到底從利益看，是加或是減，我真的不會算。那麼塔利班是仇敵？還是朋友？國際關係錯綜複雜，每個政府高層有太多的利益盤算。我們這些普通百姓，想來想去都弄不清楚它們之間的恩怨。只是九一一恐襲中近三千個死者中，大部分枉死的都是平民。在世貿中心遺址 Ground Zero 舉行的紀念儀式中，親人站出來宣讀每個罹難者的名字，不是符號，有名有姓，都是一個又一個無辜的遊魂，來不及向短暫的塵世告別。鏡頭下，許多人的傷痛仍未平復，相信腦海裡也不時會浮現，那個晴朗早上不幸的每一幕。

　　九一一恐襲後，我們會説，世界的秩序變得不一樣。是的，我們以前旅行多自由，劫機已經許久沒有發生過了，拿著護照和機票往外跑，誰會想到有天飛機會撞上高樓大廈？香港以前的啟德機場位於市中心，降落時飛機在九龍城上空掠過，驚險萬分。跑道短，飛機彷彿直衝往海中才煞停。但乘飛機降落啟德機場，才是平生一種特別興奮的體驗。我們知道飛機師技術高超，

從沒有想過會發生什麼意外。九一一恐襲前，記憶中有一年復活節老遠到芬蘭旅行，航機飛八千公里到赫爾辛基。最初以為北歐人對人較冷漠，但那邊的入境處職員沒有板起臉孔，歡迎遊客來旅行。我們只遊玩了兩天，我一直腹痛，沒多久就在酒店中病倒了，躺在床上，只感到疲累和身體發熱。妻子召來醫生，一看我原來是患了急性盲腸炎，叫我馬上到附近的大學醫院求診。迷迷糊糊中做了手術，醒來又睡去，最後知道自己躺在床上，一根幼管從鼻孔伸進喉嚨入腹，手腳還未郁動，只覺得非常痛苦。幾經努力，向護士解釋在港慣吃藥止痛，後來求得止痛藥，才減輕痛楚。切除盲腸竟然是個微創手術，那時未有想過芬蘭的醫療如此先進。我的腹部有三個小傷口，原則上應該復原得很快。只怪自己體質弱，其他的病人手術後很快就起床走動，我還痛得躺著，腸胃還糾纏一起，但看見一個吉卜賽人把鹽水包掛在身上，便在病房四處走動了。

出院後在酒店住上近一個月，體力恢復，才敢坐飛機回港。兩人住的普通酒店包早餐，營養麥皮是簡單早餐中的定食，連續多天吃，結果厭食麥皮，成為我褪不掉的其中一個回憶。但在醫院病褥上，認識了入院做手術的當地人 Tikkanen 先生。兩個人談天說地來，他竟然說出院後帶我們四處遊玩。五月赫爾辛基港口滿佈浮冰，自己身體還未百分之一百復原，但抗拒不了 Tikkanen 先生的熱情，由他帶著我們到訪了不少的地方。稍坐他的家，他還自豪拿出一部古老的 Nokia 汽車電話。因為芬蘭和這個朋友，

那時候改用了 Nokia 的手提電話。復原期間，我的旅遊簽證早已過期，芬蘭政府又沒有申請延期的政策，唯一是申請入籍才可居留，今天豈可如此寬容？那時病好了心急趕回家，寧願放棄入籍的機會。Tikkanen 先生送我們到機場。出境沒有什麼關卡，走了幾步就到了登機閘口。這樣暢快的離境倒是第一次。

後來我們又探訪了 Tikkanen 先生一次，到過許多地方，也認識不少他的朋友。即使有照片留存，我的芬蘭美好時光，逐漸從記憶中消失了。之後我們和 Tikkanen 先生的聯絡，只靠每年聖誕卡上的幾句話。Tikkanen 先生最後的幾年住進安老院，聖誕卡由女兒 Maya 代筆，通常在一月中才收到。二〇二〇年三月底，我們收到 Maya 的小卡，上面寫著：「很遺憾告訴你們，父親已經在一月三十日離開人間。死前他仍然充滿活力，離開時好像沒有半點痛苦。」

老病離世是必然，自己學不到鐵石心腸而無動於衷；看到無辜死去的人，依然會傷心。我覺得自己太淡然，少了一點對人的熱情和執著。沒有了 Tikkanen 先生的芬蘭，相信不會再回去了。多年來學懂的，就是世界有許多美麗的地方，但沒有可愛的人，也不必費神旅行了。

2021.9.15
● ●

世界不一樣

忘憂

○　○

　　新州前天因感染新冠肺炎致死有十三人，是再度爆發以來的
單日最高死亡人數。州政府本來取消每日上午十一時的例行記者
會，但不知怎地又繼續下來，可能因為沒有人出現在鏡頭前，大
家很寂寞。近來大家的焦點都集中於接種疫苗的數字，如果達到
八成以上的接種率，封城封關的措施有望放寬。所以記者會上，
州長和其他主要官員的宣佈，都再不把感染的人數掛在嘴邊，主
要還是呼籲大家趕快預約接種疫苗，希望很快達到這個百分比。
自從六月底封鎖十二個社區以來，我們很不幸，住在其中一個高
感染社區，活動限制在五公里半徑之內。換言之，這五公里半徑
成為一個大監獄。沒有工作需要，州政府不許我們離開，外出必
須戴上口罩。春天來了，氣候和暖起來，牢牢戴上口罩步行，呼
吸困難，滋味很難受。今天早上駕車從超市回來，看到這些社區
的馬路旁「放風」的人，實在比疫前多。既然是類似「放風」，
難怪大家那麼悠悠漫步，舒展一下悶氣。

　　說是悶氣，其實不確，應該是一肚子氣。我們這些接種了
兩劑疫苗的人，除了得到一張疫苗證書之外，似乎沒有什麼特別

的鼓勵，現金獎沒有，當然不必羨慕香港地產商豪氣的捐贈一個單位。有個朋友的證書上的接種的日期甚至都搞錯了。明明是只打了第一劑，證書上卻列出了兩個日期。仔細一看，其中一個日期是屬於太太的。看來政府把兩個人的第一劑的接種紀錄，因為日期有先後，全集在一個人身上了。我們的國民醫療卡上以家庭為單位，按成員排列先後。登記接種疫苗的工作人員可能在忙亂中搞錯了成員編號，結果變成同一人。這個疫苗接種過程一波三折，聯邦和州政府手忙腳亂，初時說疫苗不足，到現在新州得到最足夠的數量，數字每天攀升。其他的州份因為供應少反而遠遠落後。至於供應的疫苗種類，包括 Pfizer，AstraZeneca 和最近到埗的 Moderna。聯邦政府到現時仍然維持原來的建議，六十歲以上的人，只可選擇 AstraZeneca 疫苗。AstraZeneca 的消息最負面，有人接種後有嚴重反應，甚至死亡。給六十歲以下的人自由選擇的疫苗中，Pfizer 似乎並沒有什麼壞消息。朋友之中，接種 Pfizer 還是多數，很少聽聞選擇 AstraZeneca，也有人還在等 Moderna，不知道要等到何年何月了。最近新聞報導，已經甚少提及疫苗的副作用。專家一直強調，即使普通的感冒疫苗，也有人接種後有不良反應。其實以前因流感致死的人也不少，只是們沒有留意。我們對感冒疫苗有信心，沒有半點懷疑，卻對新冠肺炎的疫苗卻步，自己突然變成萬事通的疾病專家，又是否很矛盾？

忘憂

由此可見，一個前所未有的瘟疫，弄得大家團團轉，束手無策，官員高高在上，厚著臉皮不斷以今天的我打倒昨天的我，以為大家一無所知，紛紛患上 Alzheimer's disease。數據顯示年齡六十五歲以上，九個人中就有一個人患老人癡呆症，無藥可救。今年澳洲臺灣影展放映陳玉勳二〇一七年的賀歲電影《健忘村》，寫的就是沒有記憶的「快樂」。片中一個清末民初快樂的小村落，村民給外來的神棍天虹真人用一個忘憂機覆蓋在頭上，作一個小治療，從此不復記得過去的事情。他奪去村長之位，娶了被毒死朱大餅的妻子秋蓉，村民任他擺佈，在村內為他發掘寶藏。諷刺的是，失去記憶的秋蓉後來偶然從忘憂機中，發現埋藏了許多自己和村民的過去的黑白影片，不得不起來反抗。《健忘村》用諧謔的方法敘事，滑稽的故事背後當然有隱喻，忘憂也非常符合現今某些社會的主旋律。我卻還是不喜歡《健忘村》，用了幾個大明星當主角，卻比不上他其他早期電影中的演員那麼入戲和自然。你看看《熱帶魚》和《愛情來了》，便知分別。我後來上網翻查製片商的名單，才明白《健忘村》為什麼拍得那麼別扭，尷尷尬尬。我不介意《總舖師：移動大廚》的天馬行空，擺明車馬把人物玩得那樣卡通，那麼過癮，又何妨？

我的疫苗證書準確紀錄接種日期和疫苗名稱，從政府網站下載再打印出來，連同一張州政府超越五公里半徑的批准書，我便可以回到辦公室了。且慢，我還必須先向校方申請一個准許證，

可以是一次短暫數小時，或者回去每天工作。我見如此嚴格，只好申請短暫回到辦公室。網上的表格要我簡單說明來的目的、時間和地點，以便保安核對。我以為只是作為紀錄，但既然是個人的申報，就要負上責任。同事提醒我不可超越准可的時間工作，因為你的電腦使用紀錄，例如登入位置和使用時間，均有 Big Brother 看得一清二楚。而且閉路電視有我出入的錄像，又必須掃描二維條碼。換言之，趁瘟疫蔓延，窺探個人私隱的世界大搖大擺合法地提早出現。除非你不出外，不到超市購物或者進入任何建築物，你的紀錄終於全在政府掌握之中。理論上收集個人資料有一定的政策，但又如何相信這些資料會否用作其他用途？有人甚至說，我們政府的疫苗的紀錄網站有安全漏洞，很容易給人更改接種疫苗的紀錄。想起來，這些驚悚電影的橋段，終於在現實中出現了。

既然政府不再為感染病毒的數字煩惱，那麼請大家看看死者和住院病人的人數：如今住院有一千二百人，二百三十六人在深切治療部留醫，悉尼西仍是重災區。我們這一波的 Delta 變種病毒顯然傳播得快，更令人要小心提防。兩星期前同事的三歲小孩如常回到托兒所半天遊玩，回家和姐姐、父母擁抱擁抱，竟然將病毒從老師身上傳染給全家。夫妻兩人已經接種疫苗，但病毒來到，彷彿感覺身上的抗體正在頑強作戰，渾身非常不自然。兩個小孩子出現感冒症狀，例如咳嗽和流鼻水，但似乎還未有嚴

重的病徵。這個病毒確是又頑強又狡猾，體弱多病或身體狀況欠佳的人遇上，恐怕給折騰得死去活來。同事一家要在家隔離十四天，不能出門，五公里半徑外更休想。除了相隔數天檢測一次，警察隔天上門，假裝問候，其實是檢查你有否留在家中。

　　年輕時我的朋友曾經問過非常有意思的問題：無知是否最快樂？我不懂得回答，但慢慢懂得只知道什麼可以忘憂，什麼不可以忘記。經歷這一場大瘟疫的十八個月的時光，如此這般就在驚濤駭浪中渡過了。我七月接種了疫苗倖存，相信也可能快要接種第三劑增強抵抗力。對許多不幸的家庭來說，親人相隔、離世，復元者後遺症持續，沒有正常收入陷於饑饉邊緣，真是一場浩劫。如果能夠選擇忘憂，你會否選擇忘記這一段荒誕日子？

2021.9.22

後記

這些文字紀錄了二〇二〇年到二〇二一年新冠肺炎肆虐期間的生活，取其中一篇作書名，總結在悉尼的所見所聞，作為簡單的回憶。其餘的近作，可到我的個人網誌 metasydney.com 閱讀。

感謝鄺銳強兄在百忙之中，為這本平凡的小書寫上不平凡的序言。四十多年前同窗歲月匆匆而過，不無感慨。

多謝黎漢傑的協助，使本書得以出版。

迅清

本創文學 94

世界不一樣

作　　　者：迅　清
責任編輯：黎漢傑
設計排版：D. L.
法律顧問：陳煦堂　律師

出　　　版：初文出版社有限公司
　　　　　　電郵：manuscriptpublish@gmail.com

印　　　刷：陽光印刷製本廠

發　　　行：香港聯合書刊物流有限公司
　　　　　　香港新界荃灣德士古道 220-248 號
　　　　　　荃灣工業中心 16 樓
　　　　　　電話 (852) 2150-2100 傳真 (852) 2407-3062

海外總經銷：貿騰發賣股份有限公司
　　　　　　電話：886-2-82275988 傳真：886-2-82275989
　　　　　　網址：www.namode.com

版　　　次：2024 年 4 月初版
國際書號：978-988-70340-8-7
定　　　價：港幣 98 元　新臺幣 360 元

Published and printed in Hong Kong

香港印刷及出版